作家の手料理

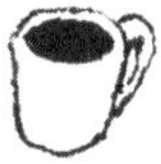

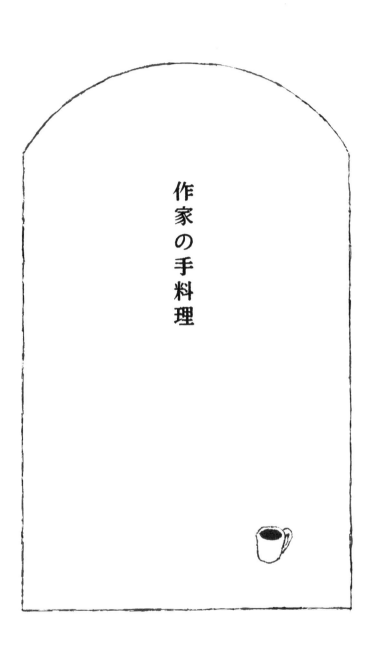

目次

季節を料る

つくる愉しみ

自然を食す

記憶と味覚

はじめに

——作家の手料理、或いは読者のためのレシピ集

　あなたは、小説や随筆を読んで、その中に出てくる場所へ行ってみたいと思い、実際に旅したことはないだろうか。

　作家の文章にはガイドブックのように詳細は書いていない。それでも、あではないか、こうではないかと調べ、考えながら旅行の計画を立てる。実際に辿り着いてみると、ああ、思ったとおり、と思うこともあるし、想像とはかなり違う……と思うこともある。しかしどんな結果であろうとも、本から始まる旅は楽しいものである。

　そんな旅と、作家の文章を読み、そこに出てくる料理を作ってみることは似ている。詳細な作り方、分量などは読者の勘と経験に委ねられている。文

章と料理とを繋ぐもの、それは読者の好奇心と想像力、そして実行力である。

この本に収録した30人の作家の中には、実際に料理を作っていた人もいるし、そうでない人もいる。また中には、手に入れるのが難しい材料もあるし、店では売っていないものもある。基本的には、作り方が記述されており、読者が作ろうと思えば作ることのできる文章を選んだつもり。そして何より、読んで作ってみたくなるような、そんな魅力的な文章ばかりだ。

かくいう私も今まで、本の中のいろんな料理を作ってきた。試行錯誤しながら何度も作って、すっかり自分のレパートリーに加わったものもある。

もし、この本に出てくる料理の中で、食べてみたい、作ってみたいと思うものがあったら、ぜひ挑戦して欲しい。でき上がったその味は、作家が味わったものとは違ったものになっているかも知れない。でもそれで良いのだ。第一、確かめようがありません。

編者

装幀・デザイン　守屋史世（ea）
装画・カット　ナガノチサト

季節を料る

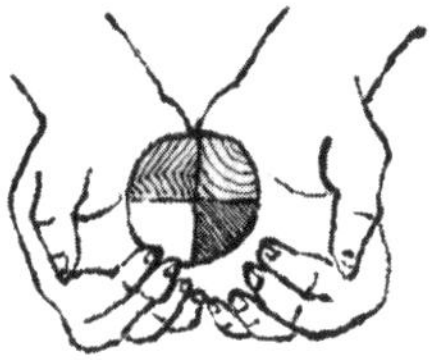

春の野菜

森茉莉

　私は筍、蕗、蕗のトウ、山椒、根芋、芹、田芹、クレッソン、などの春さきの野菜がなんともいえなく好きで、秋の焼松茸とか、松茸飯、栗、なぞも大すきだが、松茸飯は筍飯より劣ると思うし、栗よりも新馬鈴薯《じゃがいも》の、微かに塩を入れた白煮（甘く煮たもの）の方がすきである。春の新じゃがいもには筍や蕗にあるような渋みのようなものが一寸ある。

　ほろ苦い、渋みのある味や香《にお》いはずいぶん強いけれども、濃くはなくて淡泊なので、松茸ならうまく、さっと仕上げれば御飯と一しょにバターでいためても、おいしいが、筍では味も香《にお》いも薄くなってしまうのである。莢エンドウも大すきでまだ若い時から毎日のように、醬油と清酒とかつおぶしで淡味に煮ておかずにする。中の豆が煮てる内に飛び出して皺になるようになった莢エンドウはことに好きである。むきエンドウの御飯（淡い塩味だけ）も、おかずが要らない位好きだ。じか鰹で一寸辛く煮た筍も素敵だが、筍飯の冷たくなったのは何よりおいしい。三田台町のお芳さんは春になると鯛と筍の押し寿司を造らえた。彼女は、鯛の酢のものを造る時のように、鯛の皮を酢の中でもみ、その酢で二杯酢をつくる。その白く濁った酢に浸けて表面が一寸白くなった鯛を用意しておき、その淡泊《あっさり》した酢と魚で寿司飯を造らえて大阪風に型で押し出すのだが、その時上に銀杏切りの淡泊に煮た筍を一枚と、皮つきの小鯛を斜《はす》かいにのせ、木の芽をそえる。東京ではあまりみないから、広島風なのか、お芳さんの発明だろう。私は春の日本料理の中では母親が造らえた筍飯の冷たくなったものと、お芳さんの筍ずしがすきである。弟の奥さんの造る、油揚げなんかを入れない、筍と椎茸、卵の薄焼、青豆位のあっさりした筍のちらし、母方の叔父の奥さんの造る鯛の酢じめと三つ葉、人参、筍なぞを入れた白い、酢味のおからもおいしい。(これは従妹が継承している)

筍飯に、油揚げが入ったり、栗飯に小豆が混入したり、鰻丼に卵を流したりというのは、すべてきらいで、へんにごちゃごちゃした着物の柄と同じで嫌厭している。日本料理屋でいろいろな形に造らえたり、染めたり、生の魚が動いているとか、そういう凝りすぎたのもきらいである。私が子供の時、稀に行った伊予紋や八百善のお料理はそんなところがなくて、普通だった。柳川や、鰹を酒と醬油で煮、下ろし際に木の芽を入れて一寸煮たもの(母に習った)も、新牛蒡や木の芽で素敵になる。お芳さんがどうかすると小声で歌った。「奥山に、雉ときつねとおねこと犬とが、あつまりて、なんというて鳴いた……」の小唄(?)の声音《こわね》、義姉の一人が(うちがこのごろ遊んで困る)といった時(あそぶの)と軽くきき返した、お芳さんの皮肉な、言葉の軽い味は、春の野菜の苦みであった。日中は埃まんまんとして野暮《やぼ》衆《しゅ》たっぷ、おそるべであるから、春はうちにいて美味しい料理をたべるのが一番である。

初夏《はつなつ》の味覚

東京・夏

戸塚文子

人一倍季節の移り変りに敏感なせいであろうか。柳やプラタナスの並木に、さわやかな青い風が吹き渡るのを肌に覚え始めると、私はまっ先に半袖シャツを着て歩きたくなる。もう今日の東京では「山ほととぎす」こそ聞けないが、眼に青葉と初ガツオは、まだ江戸ッ子を見はなしはしない。ショウガ醬油で食べるカツオの皮つくりは、それこそ「ドテラ質においても」も悔いのない季節の感覚である。

「お刺身だけは、お醬油の味がものをいうからねえ」と、樽で買う習慣だったわが家では、あの配給時代にも、不断は代用醬油で我慢して、最後の樽の本醬油は、宝物のようにしまいこんで、たまさかのお刺身用に、とっておいた。

これからは冷やっこや酢のものも、あっさりしていい。それにヌカミソの底をかき廻して掘り出した古漬のカクヤに、味の素を入れた醬油をたっぷりかけて、白ごまでもふったおこうこがあれば、私にとって夕餉の膳は完璧だ。おしんこもむろんおいしいけれど、古漬のカクヤの味には、庶民の郷愁が感じられる。

女は酸っぱいものが好物というが、その点では私もたしかに女性の仲間入りができる。ほうれん草のおしたしにまで、ちょっと酢をたらすのが好きなくらいだから、キャベツ、胡瓜、トマト、モヤシ、何でも新鮮な野菜とみれば、ジャパニーズ・サラダなんて冗談をいって、二杯酢三杯酢にしたがる。生野菜に限らず切干大根なども、細かく刻んで酢醬油に漬けておく。「どうしてもヒヤで一ぱいといいたいような食味ですね」とよくひやかされるが、下戸のくせに酒呑みのような好みだ。おまけにオカズだけさんざん食べて、あと軽く海苔茶か何か一ぜんというのだから、いよいよもって、酒呑みのおつきあいに向くように出来ている。

食べる方に自信はあっても、作る方は至って苦手なので、たまに台所に入ってもマゴマゴするばかりで、さっぱり能率があがらない。

私の作るものといえば、何でも新鮮なバターで、ジャジャッといためてソースをかけるというおさだまりのバチェラー（独身者）料理で、「今日も〝馬鹿の一つ覚え〟だけど、よかったら夕飯食べてかない」といえば、友達はすぐに解ってくれるほどである。時にはいさぎよく台所を明け渡してしまって、どっちがお客様かわからないような始末にもなる。弟夫婦などは、材料から調味料いっさいをぶらさげ、カッポウ着までご持参で、すでに覚悟をきめて遊びに来るのである。

よくまあこんなサービスの悪いうちへ、来てくれると、そんないい友達を持った幸せがしみじみ胸にしむ思いだが、みんな気がおけなくていいといってくれる。そして寄り合った人達で、まず献立を相談し、男も女も手分けして買物に出かけ、料理もお膳立も、後かたづけも分担でスピードを競い、文字どおり、「働かざるものは食うべからず」を実行して、あとは楽しいおしゃべりの夕べを送ることもある。

こんな時男の人の中に意外な料理の天才（?）を発見したりする。でもそんな時、少なくもこの親しい人達の間だけでは好評を博している〝私のお料理〟が二つある。それはビフテキとドライ・カレーと称するものである。ドライ・カレーというのは、牛か豚肉に玉ネギを入れたいため御飯に、カレー粉で（水にとかさずそのまま）味つけした焼めしみたいなものだけれど、外米を利用できるのと、簡単なのがとりえである。これからの暑い、食欲の落ちた折などには、ふしぎにおいしくて、自分でもよく食べたくなるし、人からも注文がでる。これはお値段からいっても、手数からみても、まことにお安い御用の夏のアラ・カルトだと思っている。

精進揚げ

徳川家康も大好物だった夏のスタミナ源

金子信雄

今でもわが家では、手軽なお惣菜としてよく作るが、精進揚げは、私の子供時分には夏のご馳走の一つだった。

まだ若かったおふくろが、手拭いを姐《あね》さんかぶりにして、緋《ひ》の襷《たすき》をかけ、長いお菜箸を使う姿は、なんとなく商売人めいていて、傍についていて野菜を揚げるのを見ていて飽きない。邪魔くさくなったおふくろが、揚げたての薩摩芋を長い箸で、ひょいとよこす。手に受けると、まだアツアツだから、右に左にと移しかえてから口に頬ばる。芋のポクポクした舌ざわりが、ふかし芋や焼芋とは一段と違ったうまさだった。精進揚げの芋は川越芋系統の黄色いものがよく、おいらんいい芋といわれた白い芋は、精進揚げにするとうまくなかった。

このとき、ついでにイワシや小アジが揚げられることがあったが、子供の私には、あまり馴染めなかった。

イカは好物だったからよく食べた。桜海老と長葱を合わせたかき揚げもよかった。

この精進揚げの〝精進〟の語源を、今の若い人たちは意外に知らないので、ついでに書いておこう。

精進とは、仏の悪行を断じ、善行を修める心の作用であり、身を浄《きよ》め、心を慎み、肉食せず、菜食することをいう。

仏教渡来以来、僧侶は禁色、禁肉食であったが、鎌倉時代初期に、親鸞上人が、自門の僧に妻帯と肉魚を食べることを許し、そのかわりに精進日を設けた。仏教徒の多いわが国で、お盆のご馳走に、肉魚を避けた野菜類を仏壇にあげ、そのおさがりを食べて夏のスタミナ保持のカロリー源にしたのである。

精進揚げの親元の天麩羅《てんぷら》の語源は、これまた古い。山東京山著『蜘蛛の糸巻―一八〇六年』によると、兄の戯作《げさく》者・山東京伝が名づけ親ということになっているが、それ以前に、徳川家康が甘鯛の揚げ物（から揚げ）の食べすぎで死んでいるから、揚げ物調理法としては古くからあり、ポルトガル語のTEMEPERE（調理）から由来したといわれている。衣《ころも》をつけるようになったのは後世からで、京・大坂では、ツケアゲ、江戸ではゴマアゲと称して辻売りに出ていた。

ちなみに、明治十年の夜店の食物屋で、京橋の北から万世橋までの間で、天ぷらの屋台がいちばん多かったそうである。

夏向き精進揚げ

ありものの野菜を使う。薩摩芋、人参、牛蒡《ごぼう》は五センチほどの長さに切り、マッチ棒くらいの太さに揃えておく。もっと太くてもよいが、せいぜい割箸一本を四つ割りにした太さまでにする。茄子は中くらいのものを縦四つ割りに、隠元《いんげん》は太いものは二つ割りに、ほかは青唐辛子《ししとう》、青紫蘇《あおじそ》、蓮《はす》などもあれば用意する。芋、牛蒡、茄子、蓮などアクの出るものは水につけてアク抜きをしておく。

次は衣。天ぷら粉（薄力粉）は、紅茶茶碗に一杯くらいを卵水に合わせる。卵水とは、卵の黄身一個分に、氷を入れた冷たい水カップ一杯を入れて混ぜ合わせたものだ。これをボールにとり、そこに粉をふるいながら入れ、かき混ぜないで、サクサクと縦横に切るように手早く混ぜる。少しくらい粉が残ってもよい。

これに水気を切った野菜を入れて、衣をつけて揚げるが、青紫蘇などは片面だけにつけて揚げるときれいだ。海老やイカ、魚などを揚げたり、かき揚げにするときは、粉をちょっと濃いめに溶く。

天ぷら鍋がなければ中華鍋でもよい。天ぷら油（油は、サラダ油、胡麻油、天ぷら油、または胡麻油とほかの油の混ぜ合わせなど好みに）を鍋の半分ほど入れる。油の温度が一七〇度くらい（衣を落とすと油のなかでサッと散る。これが目安）になったら揚げる。

いっぺんに材料を欲張って入れて油の温度を下げすぎないように。油はケチらず新しいものを使うこと（この頃では、さし油も可とされている）。

大根おろしとおろし生姜に生醤油で食べてもいいのだが、天つゆを作ってもよい。

天つゆは、出し汁カップ一杯に醤油大さじ三杯、味醂大さじ一杯、砂糖小さじ一杯半を入れてひと煮立ちさせ、冷ましておく。私は仕上げに醤油をちょっとさす。

山科なす

秋山十三子

夏の野菜はそう種類が多くはない。おなす、きゅうり、さんど豆、かぼちゃ、キャベツぐらいかな。それに出たての赤いも、小芋の落ち子、秋近くなるとずいきも出てくる。唐辛子も重宝で、食欲のない日でもパチパチと強火で焼いて、おしたじをかけるとおいしい。しかも瓜、白瓜、それにトマトや玉葱もあるけれど、一番よう食べるのはおなすときゅうり。毎日食卓にのらない日はないぐらいだ。

わたしの母は山科《やましな》からお嫁に来た。今は山科といえばモダンな家が並ぶ住宅街だが、その時分は郊外で、ほとんど田んぼと畑。畑にはおなすが作られ、山科なすはおいしいので有名やった。

お百姓さんは日の昇らぬうちになすを朝切りにし、深い籠に入れて、天秤棒《てんびん》で担《にの》うて京の町へ売りに来た。昼ご飯がすんでまぶたが重うなり、思わずとろとろと昼寝していると、遠くから間のびした声がする。

「なァァすびエー……」

そのゆっくりした節廻しは風ひとつない炎天を通り、籐むしろの上に寝転ぶ女の耳に届く。

「ああねむた。せっかくうとうとしたとこやのに、起されてしもたわ」

とぼやきながらも、起きあがって表へ出るのは、この振り売りの人たちのおなすが新鮮で、安うておいしいからだった。

母が嫁入りしたとき家には父の弟が独身でいて、なにかといえば物指しを肩に当て、

「姉さん、なァァすびエー……」

とからかわはったそうな。母は恥かしさに消え入りたかったらしい。ところが間もなくその弟に縁談がもちあがり、なんとなすびエーの本場、山科の真ん中からお嫁さんをもらうことになった。母は安心して、道に流れるおなす売りの声に耳をかたむけたという。

山科なすは形は中型だが、やや小ぶりで、色は紫というより漆黒に近い。果肉はしっかりして皮はとろけるようにやわらかかった。竹のいかき（ざる）に山盛り買うて、そのまますぐ塩で転がし、どぼ漬けにしたり、焼なす、おひたし、煮物、何にしてもおいしい。ことに京都で

は身欠き鰊《にしん》と炊きあわすのが好まれて、そのこくのある黒光りしたおなすが、大鍋いっぱい炊いてあったことなど昨日のことみたいに思い出す。

残念ながらその山科なすは、近年ほとんど見かけなくなってしまった。畑が住宅地に変ってしまったことも大きな理由だが、風に当るとすぐ肌が傷みやすい欠点があるので、他の品種が栽培されるようになったとか。

それでも京都は都市のまわりにまだまだ野菜が作られている。おなすも皮がピイーンと張り、へたのとげが生き生きして、露に濡れたようなのが八百屋さんの店頭で求められる。山盛りのおなすの前に、朝切りの立て札が、麗々しく立ててあるのが目につく。

もぎたてのおなすは何にしてもおいしいけれど、わが家の自慢の味、おなすの丸炊きの煮方をお教えしましょう。

まず中ぐらいの大きさのおなす十個ほどをへたを取り、洗い、お鍋の底にぎっちりと並べる。二、三個上にのっていてもよい。煮えたら、ぺちゃんこになってかさがへるから。

次に普通のガラスコップに三分の一まで水を入れ、三分の二までお酒を足し、残りは淡口と濃口のおしたじをまぜて入れ、コップ一ぱいの煮汁を作る。この時、かくし味にお砂糖を小さじ一ぱいほど入れてもよい。鍋のおなすの上にこの煮汁をかけ、蓋をして煮はじめる。なにしろ煮汁が少ないので注意すること。火は中火。

それからあわてて鰹節をかく。ゴシゴシと少々手荒くなってもよいから手早く、そしてたくさんめに。煮汁が煮え上ってきたら一度にそれを放りこむ。鰹節も削り箱もないときはパックのおかつおを入れて下さい。

おなすは焦げやすいので絶えず気をつけながら炊く。おなすがプーッとふくれてきたら、コップ三分の一ぐらいのびっくり水をかけてやる。二度。そして火を弱火にして、やわらかくなるまで蓋をして煮る。

煮えると皮に細かい縦じわがより、色は黒く、ぴかっと艶が出てくる。お箸で皮を破らぬように注意して加減をみ、やわらかすぎないうちに火を止める。

外側はおしたじでからくても、中は白くやわらかく、甘みのないさっぱりした味が、猛暑の頃には殊のほかおいしい。炊きたてのご飯の上にそれをのせて、煮汁を少しかける。

まるでうなぎ丼を食べるみたいにフウフウいいながら、子どもたちも大喜びでいただいた。おなすが多いときには大きいめのコップ、少ないときには一口ビールのグラスで、同じ加減をすると簡単にできる。

すいとん

武田百合子

私の本『富士日記』には、夫と私、ときには娘も入れて過していた富士北麓の山小屋での暮しが書いてある。朝昼晩、何を食べたかが書きとめてある。それを読んだ人が、「お宅はたいしていいもの食べてなかったんですねえ」と、しみじみした口調で言った。また、こんなことを言う人もあった。「八月の十五日には往時を忘れないように、すいとん作って食べてるんですね」その人は左翼のまじめな人で、いたく感心されているようだったので、私は恐縮して打消した。

梅雨があけ、土用に入り、あちらこちらの垣根越しに、夏休みの花、さるすべりがゆらゆらと咲きはじめると、私ぐらいの年齢の者には、敗戦の年の真夏が重なり合わさって思い出され、ふだんの暮しはぐうたらな癖に、八月の旧盆が過ぎるころまでは、何かにつけて正気に返るというか、気持がしんとなることが多い。しかし、それはそれで、当時を偲ぶために、すいとんを食べようなどとは、思いついたこともなかった。

夫の歯がどんどん抜けてきて、しまいに一本歯となり（全部抜けたらば歯医者へ行って入歯を作るというので、私は待ちわびていたのだけれど）、その最後の一本だけが妙に丈夫なので、ずい分長い間、一本歯のままで食事をとっていた頃、おかゆとか、わんたんとか、そばがき、すいとんなど、歯ぐきでくいちぎれるものを、お膳に出していた。すいとんは作りたてを食べるのが勿論いいのだが、時間をおいて温め直しても、うどんとちがい、ぐだぐだになることが少ない。それに、うどんより「食べた食べたした感じ」がある。

世帯を持ったのは敗戦後まもなくの頃であって、間借りの畳にねころんで、夫はよく私に言ったものだった。「粉とな、油さえあれば大丈夫だぞ」輜重兵《しちょう》として従軍したときに中国大陸の人たちから教えられた知恵なのだろう。豚すいとん（豚肉とねぎと大根又は蕪の汁に小麦粉団子。ごま油少々落す）、すいとん甘辛煮（汁なし。小麦粉団子のみを煮つめた砂糖醬油でからめたもの）、この二つは夫から習った。大へん簡潔な調理法なので、おそらく軍隊の献立ではないかと思う。

すいとん、を国語辞典でひいたら、「水団『とん』は『団』の唐宋音。小麦粉を水でこねて適当にちぎり、野菜などとともに味噌汁やすまし汁に入れて煮たもの」昔の中国語辞典でひいたら、こう出ていた。「水団 Shui-t'uan ウキフ又ハ白玉ノ類ヲイフ。冷シ団子、又梨ノ実ノコト」

台所にある有り合せの野菜を入れた普通のお汁に、耳たぶ位の硬さにこねた小麦粉を、おしゃもじの上にのせて、箸で二口ほどの塊に切り込む。冬は野菜を油で炒めると体が温まる。肉を入れたければ、とりや豚を。でも極め付きは、あくの強い夏茄子と出盛りのみょうが汁のすいとん。茄子は、あまり栄養がないのですよ、という人があるが、そんなことかまわない。茄子のおいしさは、ほかの野菜のおいしさと、まるきりちがう。動物性のものを口にした舌触りがある。茄子が実《な》っているときの様子だって、色だってつやだって、ほかの野菜とまるきりちがう。

暑さのために食欲なく、ないのではなくて、内臓は空いているのだが、何を食べていいのやら、何が食べたいのやら、脳の方のまとまりがつかないとき、作る。みょうがをたっぷり散らす。

「ああ、うまかった。俺、こんなにみょうが食って大丈夫かな。頭ん中のもん（多分、原稿のすじみちのことだろう）、忘れちゃうんじゃないかな」眼鏡をとって、眼のふちにふき出てくる汗をこすりこすり、夫は言うのだった。

加賀煮こと、ジブ煮こと、かくれ切支丹料理

鴨居羊子

もう秋風も間近いことだからジブ料理のことなど書いて、ジブジブと煮えたつ、あつあつのお汁をすすっているところを想像したってよいでしょう。これも衣更えの一つと考えながら、残暑の大汗をかきながらこれを書いている。

私は大阪生まれだが、幼い頃から子供時代の大半を金沢で過ごした。

金沢はいたるところ川の流れ——犀川や浅野川やそれらの支流やの、せせらぎの音のする町だ。その音を聞きながら金沢の人は酒をのみ、雪の降る夜はこたつにこんもり入りこんでは、ゴリのつくだになど肴に、また酒をのむ。ふしぎと雪の降る夜は音がしない。一ひら一ひらの雪が音を吸いこんでは大地にめりこむので、しんしんと、音のない音がしてくる。

金沢のくるみの飴だきは好きだが、凝った川魚のつくだになどは、子供時代もいまもあまり

私の好みではない。金沢の大人の味は、子供にはついてゆけなかった。私は細かい川魚の、小さい小さい骨をしゃぶって食べたり、小さいカニを器用にむしったりするのが全く苦手で、なるべく肉のついた大柄な魚とか、身のたくさんついた太ったカニの方が好きだ。こんなことを言うようでは、真の金沢の味は判らないと、金沢通は言うだろう。

しかしおこたつの中でジブ料理に舌づつみをうつのは大人専用ではなく子供にも人気があった。輪島塗りの分厚い朱塗りのお椀を両手でかかえて、ジブジブをふうふう吹きながらお汁をすすりながら私は子供時代を過ごした。

いま、改めて「金沢のジブ料理」がいかに日本の中でも有名かを知ると、急に私は得意になって、誰にも彼にも教えたり、御馳走したくなってくる。

ところで「なぜジブ料理っていうのよ?」と、金沢の酒のみの一人に聞いてみた。

「それはですな。昔、ジブタという名のフランス人宣教師が、初めて日本のお汁ものの中へメリケン粉なるものを鴨肉にまぶしてホーリこんだ。それは珍しいことなんだ。でジブタ氏の名をとってジブ煮という。したがって名前も片カナである」と、いかにもうがった答えがきた。しかし、ジブタかタブタかネブタかしらないが、そんなフランス語あるのかしら。スペイン人ではないか?

もう一人の酒のみが言った。

「ジブとは治部、または志婦とも書く。意味？　それは当時の隠語である。言えぬ。かくれ切支丹達が、田んぼの中のどじょうをこっそり焼いて食べたら、そのうまいこと！　その栄養価！　そこでどじょうのカバやきはいまも名物だ。ジブもそのようなものさ。かくれ切支丹料理にちがいござらぬ」

これもどじょうのカバやきなどに脱線して、どうもインチキくさい。

同じ酒のみでもジャーナリストで金沢にいる木道茂久氏に聞いてみた。早速に早飛脚のような手紙の返事がきた。


ジブについては字並びに由来は諸説紛々、いずれも信ずるに足らず。いまのところ、もっとも権威あるものと考えられるのは『石川県百科大事典』の次のような記載である。

「ジブ」……野鳥の肉、野菜、すだれぶ（すだれのようにタテ筋の入ったふ）を一しょに煮込んだ濃味の煮物である。材料は十一月に解禁になるカモを使うのが本式だが、野鳥であれば何でもおいしい。この料理は狩りに出かけた武士が、農家で採りたての野菜と、ありあわせの材料で作ったからであろう。昔はツグミを使ったが、今は禁止されているので鶏肉を使っている。この鳥肉にセリ、生ジイタケ、ユリネと生ふに柔かい金沢特産のすだれぶを用意する。すだれぶは乾燥品もあるが、ないときは二センチの厚さの拍子木に切った大根を柔かくゆがいたものでもよい。一椀の材料で作るとセリ十本、生ジイタケ、すだれぶのそれぞれ一片を、汁一カップ、砂糖大さじ一、しょうゆ大さじ二で中火で柔かく煮る。別にユリネは蒸し器で柔かく形くずれしないように蒸しておく。カモまたは鶏肉は身をそいで、小麦粉をふるって粉をつける。多くつけすぎると仕上がりがぬるぬるする。この両方を先程の煮物の煮上る寸前（直前）に入れて少し煮て椀に盛って出す。ジブ椀は汁椀より大ぶりで平らなもので赤い蓋をとると黒塗りの内側に緑、茶、薄黄の色が映えてその配色の美しさに百万石の豪華さを感じる。少し甘味の加わった南蛮風の料理である。

こういう料理を達筆の筆でしたためてあると、いよいよこくのある百万石の加賀煮という感じがする。

さて、この木道氏がさらに郷土料理の尾山町の大友楼のご主人を紹介して下さった。大友氏は故事来歴にもくわしく、本物をつくる腕をもっている——とある。ところが大友佐太郎氏は昨年亡くなられ、いまは次の代の大友佐俊氏になっていた。以下先代の書きのこした金沢——

北陸「味の旅」にのっとってのジブ煮談義。

金沢弁で言うと「今日のゴッツォーはうまかったが、やっぱりジブがないと腹がコットリせんで愛想ない」ということになり、城下町の人々にとってジブ煮抜きの生活は考えられない。

このジブ煮――おしつぶしたような浅いお椀のふたをとると、大目の汁の中に、さりげなく盛り合わせた具。百万石の料理はさぞや目もあざやかな豪華なものかと思いきや、見おとしてしまうほどの目立たぬ一品。これが加賀煮で通る名品「ジブ煮」である。

誰もが不思議に思う奇妙な名前、しかも肉のスープと小麦粉でとろみをつけるという日本料理に類のないことから考えると、寛永年間、キリシタン大名高山右近が大ぜいの家来とともに、加賀藩おあずけとなったことがこのジブ煮を生みだしたのではないか。

高山右近たちが、数年間金沢に滞在していたころは、根強いかくれキリシタンの信仰に支えられて、ひそかにポルトガル料理が試みられていたらしいが、これが進歩的な加賀の文化にとけこみ庶民の味として定着したと思われる。

つまり「カモ煮こみポルトガルスタイル」――などといえば、一家眷族首の飛ぶ時代のゆえ、その汁がとろりとしてジブジブと煮えることから連想された愛称である――という大友氏の説が、もっともこの名前を説くにふさわしいと私も納得した。

バタくさいような素朴なような――ジブという名は、いわばキリシタンの隠語であったわけか――と思うと、不思議な気がする。
今でこそ、信仰は自由になったが、金沢は、ついこの前の終戦どきまで、寛永年間と同じくキリスト教はこの仏教王国――金沢では御法度であった。多くのうら若い女性たちが、かくれキリシタンよろしく、金沢の暗い教会に集まり、神を讃えた。
そんな女性達も家庭ではジブ煮を作り、ジブ煮を味わっている日々である。その昭和のキリシタン娘を責める古い母親達もジブ煮を作りながら、これがその昔のかくれキリシタンの作った煮物か？　などと思っただろうか。
しかし料理はそのようなこととは関係なく、雪深い北陸にふさわしく、肉と季節の野菜をそろえたビタミンやカロリーの完全食が一椀の中にとりそろえられたのである。
ちなみに春から冬にかけての同じジブ煮でも中身がちがう大友氏の献立を写してみる。
春――若鶏　すだれ麩　シュン菊　タケノコ　生シイタケ　白山ワサビ
夏――能登生カキ　焼きネギ　里イモ　サヤエンドウ　巻き湯葉　ワサビ
秋――ツグミ　粟麩　マツタケ　ユリ根　ミツバ　ワサビ
冬――カモ肉　セリ　豆腐　シメジタケ　ギンナン　ワサビ

私は私流のもう少し下手で、素朴なジブ煮を冬になるとときどき作る。

コンブでダシ汁をとり、うす塩した鶏肉をお酒に浸し、メリケン粉をまぶして汁に入れる。他、生ふとトーフ、セリ、三ツ葉、シメジを入れ、味つけは醬油と砂糖少々、ミリン大サジ一杯、味の素、食すときユズとワサビを入れる。

さて、余談だが、毎朝私は散歩にゆくが、そのとき秋田犬をつれたK氏とセパコリ？をつれた私はもう何十年も海岸で出会っていた。五、六年も前だったろうか、K氏は奥さんが入院中で家の中がムチャクチャだと嘆いていた。そこで小さいナベにこのジブ煮を作ってさし入れにゆくとK氏は、「これが有名なあの金沢のジブ煮だね」と驚きかつ喜んだ。奥さんのいないすきに犬は大っぴらに家の中へ入りこみ、K氏と一しょにジブ煮の匂いを嗅いで大きな顔して喜んでみせた。犬とだけの一人居の人間には、ジブ煮はひどく暖かい友情を運ぶ。そして最後のワサビがきいて泣けてくる。そのK氏も二年前亡くなった。

ジブ煮は、私にとって、おさない頃から、そのときどきの、生活の節目になる思い出をつくってゆく。それが、どれも心うれしく、そして、つらく、ニガイのである。

甘酒のある夜

増田れい子

詩人高田敏子さんからいただいた新しい詩集〈花のある朝〉(山と渓谷社)のページをゆっくり繰って行くと、次の詩に出あった。

〈甘　酒〉

寒い夜なので
いただきものの酒粕で
甘酒を作りました

熱い湯気を
ふうふうふいて
家族は五人
紅茶のときとも
コーヒーのときとも違う
のどかな
おだやかな顔で
甘酒をすすっています

私は　小さな赤いビロードの
足袋をはいていたころを
思っていました

そえられた白簱史朗氏のふきのとうのカラー写真が冬と春のさかい目の季節をやさしくうたっている。甘酒のかおりがなつかしく思い出されてきた。雪が来そうな夜にはもってこいの熱いのみもの。根しょうがをすって、ちょっぴりのせていっしょにすると、甘酒はとたんにおとなっぽいうまさに一変する。甘酒にしょうが、このとりあわせを思いついたのは、いったいどこのどなただろうか。寒さがきびしい土地の、家族をもっともっとあたたかくぬくめてやりたいとねがう女の、ふとした思いつきだったか。

高田敏子さんは、厚手の湯のみ茶わんに注がれた甘酒から、遠い少女の日のこと、亡き母の手がかもした遠い甘さを、舌の上によみがえらせている。

＊

甘酒——ときくと、誰しも母の手を思い出すのではないだろうか。寒のうちのきびしい寒さで、母親の手はひび割れていた。しかしその手は、休むことをいさぎよしとしないでいつも何かのために動いていた。やがてくる雛のまつりの用意に、あられをいったり、あられにまぜる大豆を根気よくいったりした。残った餅をこまかく切って、餅花をこさえたりした。母親の手は、仕事を楽しんでいた、と思う。その手は、甘酒を仕立てるとき、いっそうはずむのだった。

まず、素焼きの少し深目の大きな鉢が用意された。その鉢が井戸端で洗われて、日のあたる場所で干されるのを目にすると、近いうち、甘酒がつくられるのだな、とこどもの心は浮き立った。おいしいものをつくってくれるときの母親は、いつもよりはるかに頼もしく大きい存在に見えたものだ。こうじが配達される。すのこを敷いたこうじ箱を見るのはいつもおどろきだった。そこには一面まっ白な花が敷きつめられていて、異様な感じがした。かびだと聞かされて不安にもなった。しかしおとなたちは、白い花を大切にし怖れる風はさらさらなかった。それで、こども心は落ち着くのだった。

母はかまどで、米をたいた。その米とこうじをひとつにして、素焼きの鉢にたたえ、こたつのなかであたためた。夜はふとんのなかに入れていたのかもしれない。二日ほどのちには、もう甘酒がのめた。

鉢のなかの、どろりとしたしろものは、やはり多少異様であったが、おとなたちがふうふういって「うまいうまい」とたしなむので、こどもたちは、背伸びして、ツンとするかおりと味にいどんだのだと思う。酒の味のまかふしぎさを、甘さのなかからす早くキャッチして、面妖な気分にひたったった。夏の梅酒、冬の甘酒。甘味と酒の味が、敵と味方がわかちがたく結びあってひとをとろりとさせる。ふしぎな、のみものである。

＊

梅を見に行って甘酒をのむ。水仙を眺めに行って甘酒をたのしむ。冬の日ざしのなかですする甘酒はうれしい。先だって、伊豆爪木崎に水仙を見に行って、あまりの風の冷たさに逃げこんだ茶店の甘酒は、自然のままの味で、ほっとした。人工甘味料を使っていないらしい。茶店のおかみさんは、母親に教わった通りのやり方でつくっている、といった。

「六〇度に保つのが一番苦心するところです」とも。そのときメモしたつくり方は次の通りである。

米とこうじは同分量使う。ごはんはいつもよりやわらかく炊く（四割増しぐらいの水）、こうじはほぐしておく。ごはんをさまし、こうじをまぜる。中の温度が六〇度を保つように保温して発酵させる。時間は一昼夜。運悪く冷めたら湯せんにして六〇度になおし、少し時間をかけて保温する。甘味が出てきたら出来上がり。発酵をとめるため一度煮立たせ、冷めたら、冷蔵庫に入れて保存する。

高田さんの詩にあるように、酒粕でつくる場合は、酒粕二〇〇グラムを、二〇〇ccのカップ三・五杯の水に入れて、一時間ほどそのままにしておき、とけてきたら中火にかける。ふっとうしたら、二〇〇グラム（甘すぎるようなら控える）の砂糖を入れ、こんどはとろ火で十分ほど煮る。ここで耳かき一杯ほどの塩を入れ、もう一度中火になおして一気にふっとうさせる。とめる寸前に、日本酒を大さじ二杯ほど入れ、酒のかおりをほんのり立たせる。即席の甘酒の出来上がり。なるべく良質の酒粕を使うようにしたい。冬の夜の甘酒は、ほんとに内輪なたのしみのひとつ、受験生にも飲ませてやりたい。

つくる愉しみ

「食らわんか」

向田邦子

親ゆずりの〝のぼせ性〟で、それがおいしいとなると、もう毎日でも食べたい。

新らっきょうが八百屋にならぶと、早速買い込んで醬油漬けをつくる。わが家はマンションで、ベランダもせまく、本式のらっきょう漬けができないので、ただ洗って水気を切ったのを、生醬油《きじょうゆ》に漬け込むだけである。二日もすると食べごろになるから、三つ四つとり出してごく薄く切って、お酒の肴やご飯の箸休めにするのである。化学調味料を振りかけたほうがおいしいという人もいるが、私はそのままでいい。

外側が、あめ色に色づき、内側にゆくほど白くなっているこの新らっきょうの醬油漬けは、毎年盛る小皿も決っている。大事にしている「くらわんか」の手塩皿である。「くらわんか」というのは、食らわんか、のことで、食らわんか舟からきた名前である。

江戸時代に、伏見・大坂間を通った淀川を上下する三十石舟の客船に、小さい、それこそ亭主が漕いで、女房が手づくりの飯《めし》や惣菜を売りに来た舟のことを言うらしい。「食らわんか」と、声をかけ、よし、もらおうということになると、大きい船から投げおろしたザルなどに、厚手の皿小鉢をいれ商いをしていたらしい。言葉遣いも荒っぽく、どうやらもぐりだったらしいが、大坂城を攻めたときに徳川家康方の加勢をしてなにか手柄があったらしい。そんなことからお目こぼしにあずかっていた、と物の本にも書いてある。

この食らわんか舟は、飯や惣菜だけでなく、もっと白粉臭い別のものも「食らわんか」というようになったというが、そっちのほうは私には関係ない。この連中が使った、落としても割れないような、丈夫一式の、焼き物が、食らわんか茶碗などと呼ばれて、かなりの値段がつくようになってしまった。汚れたような白地に、藍《あい》のあっさりした絵付けが気に入って、五枚の手塩皿は、気に入った季節のものを盛るとき、なくてはならないいれものである。

「食らわんか」ではじまったから言うわけではないが、どうも私は気取った食べものは苦手である。ほかのところでは、つまり仕事のほうや着るもの、言葉遣いなどは、多少自分を飾って、気取ったり見栄をはったりして暮している。せめてうちで食べるものぐらいは、フォアグラに衿を正したり、キャビア様に恐れ入ったりしないで食べたい。

ついこの間、半月ばかり北アフリカの、マグレブ三国と呼ばれる国へ遊びにいった。チュニジア、アルジェリア、モロッコである。オレンジと卵とトマトがおいしかったが、羊の匂いと羊の肉にうんざりして帰ってきた。

日本に帰って、いちばん先に作ったものは、海苔弁である。

まずおいしいごはんを炊《た》く。

十分に蒸らしてから、塗りのお弁当箱にふわりと三分の一ほど平らにつめる。かつお節を醤油でしめらせたものを、うすく敷き、その上に火取《ひど》って八枚切りにした海苔をのせる。これを三回くりかえし、いちばん上に、蓋にくっつかないよう、ごはん粒をひとならべするようにほんの少し、ごはんをのせてから、蓋をして、五分ほど蒸らしていただく。

もったいぶって手順を書くのがきまり悪いほど単純なものだが、私はそれに、肉のしょうが煮と塩焼き卵をつけるのが好きだ。

肉のしょうが煮といったところで、ロースだなんだという上等なところはいらない。コマ切れでいい。ただし、おいしい肉を扱っている、よく売れるいい肉屋のコマ切れを選ぶようにする。醤油と酒にしょうがのせん切りをびっくりするくらい入れて、カラリと煮上げる。

塩焼き卵は、うすい塩味だけで少し堅めのオムレツを、卵一個ずつ焼き上げることもあるし、同じものを、ごく少量のだし汁でのばして、だて巻風に仕上げることもある。ずいぶん長い間、この二とおりのどちらかのものを食べていたのだが、去年だったろうか、陶芸家の浅野陽《あきら》氏の「酒呑みのまよい箸」という本を読んで、もうひとつレパートリーがふえた。

浅野氏のつくり方は、塩味をつけた卵を、支那鍋で、胡麻油を使って、ごく大きめの中華風のいり卵にするのである。

これがおいしい。これだけで、酒のつまみになる。塩と胡麻油、出逢いの味、香りが何ともいい。黄色くサラリと揚がるところもうれしくて、私はずいぶんこの塩焼き卵に凝った。

ほかにおかずもあるのに、なんでまた海苔弁と、しょうが煮、卵焼きの取り合わせが気に入ったのかといえば、答はまことに簡単で、子供の時分、お弁当によくこの三つが登場したからである。

「すまないけど、今朝はお父さんの出張の支度に手間取ったから、これで勘弁してちょうだいね」

謝りながら母が瀬戸の火鉢で、浅草海苔を火取っている。

「なんだ、海苔弁？」

子供たちは不服そうな声を上げる。

こういうとき、次の日は、挽き肉のそぼろといり卵ののっかった、色どりも美しい好物のおかずが出てくるのだが、いまにして考えれば、あの海苔弁はかなりおいしかった。

ごはんも海苔も醬油も、まじりっ気なしの極上だった。かつお節にしたって、横着なパックなんか、ありはしなかったから、そのたびごとにかつお節けずりでけずった、プンとかつおの匂いのするものだった。

あのころ、ごはんを仕掛けたお釜が吹き上がってくると、木の蓋の上に母や祖母は、折りたたんだ布巾をのせた。湯気でしめらせた布巾で、かつお節を包み、けずりやすいように、しめりを与えるのである。

かつお節は、陽にすかすと、うす赤い血のような色に透き通り、切れ味のいいカンナにけずられて、みるからに美しいひとひらひとひらになった。なんでも合成品のまじってしまった昨今では、昔の海苔弁を食べることはもう二度とできないだろう。

ひとりの食卓で、それも、いますぐに食べるというときは、お弁当にしないで、略式の海苔とかつお節のごはんにするのだが、これに葱をまぜるとおいしい。

葱は、買いたての新鮮なものを、白いところだけ、一人前二センチもあれば十分である。よく切れる包丁で、ごくうすく切る。それを、さらさないで、醬油とかつお節をまぶし、たきたてのごはんにのせて、海苔でくるんでいただくのである。あっさりしていて、とてもおいしい。

風邪気味のときは、葱雑炊というのをこしらえる。

このときの葱は、一人前三センチから五センチはほしい。うすく切り、布巾に包んで水にさらす。このさらし葱を、昆布とかつお節で丁寧にとっただし（塩、酒、うす口醬油で味をととのえる）にごはんを入れ、ごはん粒がふっくらとしたところで、このさらし葱をほうり込み、ひと煮立ちしたところで火をとめる。とめ際に、大丈夫かな？　と心配になるくらいのしょうがのしぼり汁を入れるのがおいしくするコツである。

ピリッとして口当りがよく、食がすすむ。体があったまって、いかにも風邪に効く、という気がする。風邪をひくと、私は、おまじないのようにこの葱雑炊をつくり、あたたまって早寝をする。大抵の風邪はこれでおさまってしまう。

十年ほど前に、少し無理をしてマンションを買った。

気持のどこかに、うちを見せたい、見せびらかしたいというものが働いたのであろう、あのころの私はよく人寄せをして嬉しがっていた。

今ほど仕事も立て込んでいなかったから、まめに手料理もこしらえ、これも好きで集めている瀬戸物をあれこれ考えて取り出し、たのしみながら人をもてなした。

もてなした、といったところで、生れついての物臭さと、手抜きの性分なので、書くのもはばかられるほどの、献立だが。そのころから今にいたるまで、あきたかと思うとまた復活し、結局わが家の手料理ということで生き残っているものは、次のものである。

若布《わかめ》の油いため

豚鍋

トマトの青じそサラダ

海苔吸い

書くとご大層に見えるが、材料もつくり方もいたって簡単である。

少し堅めにもどした若布（なるべくカラリと干し上げた鳴門若布がいい）を、三センチほどに切り、ザルに上げて水気を切っておく。

ここで、長袖のブラウスに着替える。ブラウスでなくてもTシャツでもセーターでもいい。とにかく、白地でないこと、長袖であることが肝心である。大きめの鍋の蓋を用意する。これは、なるべくなら木製が好ましいが、ない場合は、アルマイトでも何でもよろしい。

次に支那鍋を熱して、サラダ油を入れ、熱くなったところへ、水を切ってあった若布をほうり込むのである。

物凄い音がする。油がはねる。

このときに長袖が活躍をする。

左手で鍋蓋をかまえ、右手のなるべく長い菜箸《さいばし》で、手早く若布をかき廻す。若布はアッという間に、翡翠《ひすい》色に染まり、カラリとしてくる。そこへ若布の半量ほどのかつお節（パックのでもけっこう）をほうり込み、一息入れてから、醬油を入れる。二息三息して、パッと煮上がったところで火をとめる。

これは、ごく少量ずつ、なるべく上手《じようて》の器に盛って、突き出しとして出すといい。

「これはなんですか」

おいしいなあ、と口を動かしながら、すぐには若布とはわからないらしく、大抵のかたはこう聞かれる。

一回いしだあゆみ嬢にこれをご馳走したところ、いたく気に入ってしまい、作り方を伝授した。

次にスタジオで逢ったとき、

「つくりましたよ」とニッコリする。

「やけどしなかった？」とたずねたら、あの謎めいた目で笑いながら、黙って、両手を差し出した。

白いほっそりした手の甲に、ポツンポツンと赤い小さな火ぶくれができていた。

長袖のセーターは着たが、鍋の蓋を忘れたらしい。

鍋の蓋をかまえる姿勢をしながら、私は、この図はどこかで見たことがあると気がついた。

子供の時分に、うちにころがっていた講談本にたしか塚原卜伝のはなしがのっていた。

卜伝がいろりで薪《まき》をくべている。

そこへいきなり刺客が襲うわけだが、卜伝は自在かぎにかかっている鍋の蓋を取り、それで防いでいる絵を見た覚えがある。それで木の蓋にこだわっていたのかもしれない。

豚鍋のほうは、これまた安くて簡単である。

材料は豚ロースをしゃぶしゃぶ用に切ってもらう。これは、薄ければ薄いほうがおいしい。

透かして新聞が読めるくらい薄く切ったのを一人二百グラムは用意する。食べ盛りの若い男の子だったら、三百グラムはいる。それにほうれん草を二人で一把。

まず大きい鍋に湯を沸かす。

沸いてきたら、湯の量の三割ほどの酒を入れる。これは日本酒の辛口がいい。できたら特級酒のほうがおいしい。

そこへ、皮をむいたにんにくを一《ひと》かけ。その倍量の皮をむいたしょうがを、丸のままほうりこむ。

二、三分たつと、いい匂いがしてくる。

そこへ豚肉を各自が一枚ずつ入れ、箸で泳がすようにして（ただし牛肉のしゃぶしゃぶより多少火のとおりを丁寧に）、レモン醬油で食べる。それだけである。

レモン醬油なんぞと書くと、これまた大げさだが、ただの醬油にレモンをしぼりこんだだけのこと。はじめのうちは少し辛めなので、レンゲで鍋の中の汁をとり、すこし薄めてつけるとおいしい。

ひとわたり肉を食べ、アクをすくってから、ほうれん草を入れる。

このほうれん草も、包丁で細かに切ったりせず、ひげ根だけをとったら、あとは手で二つに千切り、そのままほうりこむ。これも、さっと煮上がったところでやはりレモン醬油でいただく。

豆腐を入れてもおいしいことはおいしいが、私は、豚肉とほうれん草。これだけのほうが好きだ。

あとにのこった肉のだしの出たつゆに小鉢に残ったレモン醬油をたらし、スープにして飲むと、体があたたまっておいしい。

これは、不思議なほどたくさん食べられる。豚肉は苦手という人にご馳走したら、誰よりもたくさん食べ、以来そのうちのレパートリーに加わったと聞いて、私もうれしくなった。何よりも値段が安いのがいい。スキヤキの三分の一の値段でおなかいっぱいになる。

トマトの青じそサラダ、これもお手軽である。トマトを放射状に八つに切り、胡麻油と醬油、酢のドレッシングをかけ、上に青じそのせん切りを散らせばでき上がりである。

にんにくの匂いを、青じそで消そうという算段である。

このサラダは、白い皿でもいいが、私は黒陶の、益子《ましこ》のぼってりとした皿に盛りつけている。黒と赤とみどり色。自然はこの三つの原色が出逢っても、少しも毒々しくならずさわやかな美しさをみせて食卓をはなやかにしてくれる。

酒がすすみ、はなしがはずみ、ほどたったころ、私は中休みに吸い物を出す。これが、自慢の海苔吸いである。

だしは、昆布でごくあっさりととる。

だしをとっている間に、梅干しを、小さいものなら一人一個。大なら二人で一個。たねをとり、水でざっと洗って塩気をとり、手でこまかに千切っておく。

わさびをおろす。海苔を火取って（これは一人半枚）、もみほごしておく。気の張ったお客だったら、よく切れるハサミで、糸のように切ったら、見た目もよけいにおいしくなる。

なるべく小さいお椀に（私は、古い秀衡《ひでひら》小椀を使っている）、梅干し、わさび、海苔を入れ、熱くしただしに、酒とほんの少量のうす口で味をつけたものを張ってゆく。

このときの味は、梅干しの塩気を考えて、少しうす目にしたほうがおいしい。

この海苔と梅干しの吸い物は、酒でくたびれた舌をリフレッシュする効果があり、上戸下戸ともに受けがいい。

ただし、どんなに所望されても、お代りをご馳走しないこと。こういうものは、もういっぱいほしいな、というところで、とめて、心を残してもらうからよけいおいしいのである。

ありますよ、どうぞどうぞと、二杯も三杯も振舞ってしまうと、なあんだ、やっぱり梅干しと海苔じゃないか、ということになってしまう。ほんの箸洗いのつもりで、少量をいっぱいだけ。少しもったいをつけて出すところがいいのだ。

十代は、おなかいっぱい食べることが仕合せであった。二十代は、ステーキとうなぎをおなかいっぱい食べたいと思っていた。

三十代は、フランス料理と中華料理にあこがれた。アルバイトにラジオやテレビの脚本を書くようになり、お小遣いのゆとりもでき、おいしいと言われる店へ足をはこぶこともできるようになった。
四十代に入ると、日本料理がおいしくなった。量よりも質。一皿でドカンとおどかされるステーキより、少しずつ幾皿もならぶ懐石料理に血道を上げた。
だが、おいしいものは高い。
自分の働きとくらべても、ほんの一片食《ひとかたけ》のたのしみに消える値段のあまりの高さに、おいしいなあと思ってもらした感動の溜息よりも、もっと大きい溜息を、勘定書きを見たときつくようになってしまった。このあたりから、うちで自分ひとりで食べるものは、安くて簡単なものになってしまった。
大根とぶりのかまの煮たもの
小松菜と油揚げの煮びたし
貝柱と蕗の煮たもの
閑があると、こんなものを作って食べている。そして、はじめに書いたように、海苔とかつお節。梅干し。らっきょう。
友達とよく最後の晩餐というはなしをする。

これで命がおしまいということになったとき、何を食べるか、という話題である。

フォアグラとかキャビアをおなかいっぱい食べたいという人もいるらしいが、私はご免である。フォアグラもおいしいし、キャビアも大好きだが、最後がそれでは、死んだあとも口中がなまぐさく、サッパリとしないのではないだろうか。

私だったら、まず、煎茶に小梅で口をサッパリさせる。

次に、パリッと炊き上がったごはんにおみおつけ。

実は、豆腐と葱でもいいし、若布、新ごぼう、大根と油揚げもいい、茄子のおみおつけもおいしいし、小さめのさや豆をさっとゆがいて入れたのも、歯ざわりがいい。たけのこの姫皮のおみおつけも好物のひとつである。

それに納豆。海苔。梅干し。少し浅いかな、というくらいの漬け物。茄子と白菜。たくあんもぜひほしい。

上がりに、濃くいれたほうじ茶。ご馳走さまでしたと箸をおく、と言いたいところだが、やはり心が残りそうである。

あついごはんに、卵をかけたのも食べたい。

ゆうべの塩鮭の残ったのもあった。

ライスカレーの残ったのをかけて食べるのも悪くない。

よけいめに揚げた精進揚げを甘辛く煮つけたのも、冷蔵庫に入っている。あれも食べたい。友人から送ってきた若狭《わかさ》がれいのひと塩があった。あれをさっとあぶって――とキリがなくなってしまう。

こういう節約《しまつ》な食事がつづくと、さすがの私も油っこいものが食べたくなってくる。豚肉と、最近スーパーに姿を見せはじめたグリンピースの苗を、さっといため合わせ、上がりにしょうがのしぼり汁を落として、食べたいなどと思ったりする。

こういう熱心さの半分でもいい。エネルギーを仕事のほうに使ったら、もう少し、マシなものも書けるかもしれないと思うのだが、まず気に入ったものをつくり、食べ、それから遊び、それからおもしろい本を読み、残った時間をやりくりして仕事をするという人間なので、目方の増えるわりには、仕事のほうは大したことなく、人生の折り返し地点をとうに過ぎてしまっている。

（小説宝石／1980・6）

料理好きのタレント

石井好子

私はヨーロッパへ旅行する機会が多いが、長いこと家をあけていると、落ち着かない気持ちになる。その一番大きい理由は台所仕事ができないためである。だから友人の家に招かれると、「私にも手伝わせて」とか、「私にも一品作らせて」と、早めにおしかけて行く。「材料だけ買っておいてよ。あなたたち何もしないでよいから」と出張コックになることもある。

しかしそれは、私だけではないようだ。

来日したタレントも、食べ物の話などしているうちに、台所へはいりたくなってくる。そして、「じゃ、作ってみせようか」「一度教えてあげるわ」ということになる。

こちらは待っていましたとばかり、

「フランス料理食べに来ない?」

「スペインのバレンシアご飯よ」

と、友だちを誘って食べるパーティーを開く。

一番よく料理に来てくれたのは、ピアニストで作曲家のエミール・ステルンであった。

彼は〝ライ・ライ・ライ〟のヒット曲をはじめ、イブ・モンタンの歌う〝コーヒー畑〟〝君よいずこ〟その他、美しい抒情的なシャンソンを書いている、私の最も敬愛する作曲家である。ピアノもタッチが美しく、歌うピアニストと呼ばれる人だ。

「ワイフが下手だから自分でやる」というだけあって手ぎわもよかった。鳥のにんにく焼き、子牛と野菜の煮込み、豚のローストなど、ずいぶんいろいろな料理を食べさせてくれたが、今でもよく作るのは、ステルン卵と私が呼んでいるゆで卵のファルシーである。

ゆで卵のファルシーといえば、卵の黄身にハムのみじん切りを混ぜ、マヨネーズであえたのを、半分に切った白身の中につめるのが普通である。しかしステルンのはもう少し凝っていて、鳥のレバーをつめる。

まず、ゆで卵は横に二つ切りにし、黄身は別皿にとっておく。鳥のきも(すなぎもはダメ)を濃いめに塩、こしょうしながらバターでよくいため、取り出してざくざくに切り、すりばちでよくする。その中に、にんにくまたは玉ねぎのすりおろしたのを少々、からし少々、生クリーム少々を入れ、卵の黄身も混ぜてよくねり合わせる。少し濃いめに味をつけてから、白身につめて天火に入れ、上がちょっとこんがりするまで焼く。

暖かいオルドーブルとしてこれを作ると、誰にもほめられる。

ステルンとともに来日していた、歌手ジャン・サブロンとも料理の話はつきなかった。「どこの何がおいしい」ということから作り方まで、よく話した。相当うで前にも自信があるようだったが、残念ながら腕をふるってもらうチャンスはなかった。

しかし彼から贈られるプレゼントは、いつも台所用具である。

スフレという、卵を使ってふわふわに作る料理は、火加減がむずかしく、天火がなくてはできないものなのだが、彼はガスの上にのせ、両面焼けば簡単に作れる特製なべをくれた。「私の姉はたいして料理がうまくないはずなのに、この間よばれたら、ふっくらとよくふくらんだすばらしいスフレを出したんですよ。ふしぎに思ったら、便利ななべで作ったというでしょう。私もすぐ二つ買いました。一つはあなたのためにね」といったぐあいである。

サブロンもステルンも私がパリへ行くと、一生懸命おいしいものを食べさせようと、今まで知らなかったレストランへ案内してくれる。彼らとは音楽のうえだけでなく、食いけで結ばれた友だちでもある。

イベット・ジローも料理はなかなかうまい。彼女は来日公演八回という、日本びいきのシャンソン歌手であるが、テレビの料理番組で彼女が作ってくれた料理をご紹介しよう。

コッコ・オ・ヴァン（鳥のブドウ酒煮）。この料理はブドウ酒飲みのフランス人の家庭料理である。普通は赤ブドウ酒を使うが、ジローは日本人をよく知っているだけに、赤ブドウ酒だと味が濃いし色も悪いから、日本人には向かないと、白ブドウ酒で作った。

六人前として、鳥一羽を一二切れに切る。小玉ねぎ約一〇個、マッシュルーム一かん、じゃがいも小六個、食パン六切れ、白ブドウ酒（甘味のないワイン）一リットル、ベーコン四枚、パセリ少々、月桂樹の葉二枚、塩、こしょう。

まず、細かくきざんだベーコンをいため、皮をむいた小玉ねぎもいためておく。

なべに油を入れ、鳥肉に塩、こしょうして焦げめがつくまでいため、あればブランデー少々ふりかけて火をつけ、アルコール分を抜く。その鳥の上にベーコンと小玉ねぎのいためたのを入れ、ブドウ酒をそそぎ（ひたひたになるくらいで、足りなければ水をさす）、パセリ、月桂樹の葉を入れて約半時間とろ火で煮る。でき上がるちょっと前にマッシュルームを入れる。

別なべで、皮をむき面とりしたじゃがいもをゆでておく。食パンはトーストにして三角に切る。

深めの皿に、まずなべの鳥をざっとあけ、パン、じゃがいもはそのまわりに交互に並べて出す。食べるときは、めいめいパンを取り、その上に鳥のブドウ酒煮をのせ、わきにじゃがいもをよそっていただく。

柔らかく煮えた鳥には味がしみていて、ブドウ酒の香りもただよう、しゃれた鳥料理であった。

ジローのおかげで、私はこの料理をあまり多くはない私のレパートリーの一つに加えることができた。

最近来日していたレア・ザフラニは、カナリー島の生まれでマドリッドに住んでいる美人歌手であった。

「スペインで一番おいしかったのはガンバ・ア・ラ・ブランチャ（えびの塩焼き）よ」

「パエイヤ・バレンシアーナ（バレンシア風ご飯）、もう一度食べてみたいわ」

「スペイン風オムレツは私の得意よ。日曜日になると家のものが、レア、オムレツ作って、っていうの」

「スペイン風オムレツってトマト入れるのでしょう」

「入れるのもあるけど、私たちがいつも作るのはじゃがいもと玉ねぎだけよ。おいしいんだから」

では、ということになり、私は材料をととのえて待っていた。

そして驚き、感激した。

私がまねして、これがスペイン風と思っていたオムレツも、私流のパエイヤ・バレンシアーナも、まるきり作り方が違っていて、当たり前のことながら、本式のほうがずっとずっとおいしかったからである。だから忘れないうちに、ここに書いておくことにする。

まずオムレツは四人前として、卵六個、じゃがいも中二個、玉ねぎ中一個。

じゃがいもも玉ねぎも皮をむいたら小さいさいころ型に切り、たっぷりの油でちょっと焦げめがつきはじめるまで揚げて、別皿に取っておく。卵は黄身と白身を別に分け、白身はよくあわ立てる。

よくあわだったら、その中に静かにほぐした黄身を入れて軽く混ぜる。塩、こしょうをふり入れ、揚げたじゃがいもと玉ねぎを入れ、ざっと二、三回混ぜたら、油をひいて熱したフライパンに全部入れてしまう。

下が焦げたところで、片手にフライパン、片手にフライパンよりちょっと大きめの皿を持ち、ふたをするようにしてから裏がえしてのせる。そしてまた、フライパンに新しく油を足して熱し、皿の卵をずらすようにしてのせ、今度は下側を焼く。

これで両面こんがりと焼けたわけだが、あともう一回ずつ同じ動作をくりかえすと、オムレツは中までよく火が通る。手ばやくやらないと焦げるし、なかなか、テクニックがいる。でき上がりを四つか八つに切って各自の皿に盛って食べるが、切り口は卵とじゃがいも、玉ねぎが層になっていて、見た目にはお菓子のようである。

ふかふかと、しかも揚げじゃがいもの柔らかさがねっとりと口に広がるおいしいおいしいオムレツであった。

バレンシア風ご飯は日本人向きのたき込みご飯だが、中身が多い。

六人前としてお米三合、鳥一羽は八つ切り、あさりのむき身またははまぐり少々、えび（車えびがよいが、高いから熊えびでも大正えびでもよい）、ピーマン三個（赤いのがあれば赤がよい）、トマト一個、玉ねぎ一個、グリンピース少々、サフラン（薬局で売っている）。

これは平たいなべで作る。レアはこのほうがよいといって、長方形のバットで作った。なべにサラダ油をたっぷり入れて、玉ねぎとピーマンの薄切りをいためる。八つに切った鳥もざっといためる。

塩、こしょうで濃いめに味つけをしてから、水をひたひたになるまでそそぎ、皮をむいてざくざくに切ったトマトを入れ、鳥が柔らかくなるまで煮る。

煮上がったらあさり、えび(殻つきのまま)を入れ、洗っておいた米にサフランを混ぜてから、なべの中に入れてたき込む(サフランを混ぜる場合、お米がからし色に色づくくらいでよい)。初めは中火で、焦げつかぬようしゃもじで底を動かすように混ぜ、水のひきかかったころ、とろ火にしてふたをする。

大きいバットのふたはないので、どうしようかととまどっていたら、彼女は、「これがよいわ」とまな板をかぶせた。

たき上がったら上からパラパラとグリンピースをふり、なべのままテーブルに出す。ご飯の黄色、赤いピーマン、えび、それに緑のグリンピースと、色どりも美しい豪華なたき込みご飯である。お米にも貝やえびの味がしみ込み、鳥のスープの味も加わり、かみしめればかみしめるほどおいしいご飯で、スペインのふんいきも食卓いっぱいにただようようであった。

食べ物に興味を持てることはしあわせである。

たいして知らない人とだって、食べ物の話なら気軽にできるし、人の陰口をきくわけではないから、あとくされもない。

「あれがおいしい」

「これがおいしい」

とたあいないことをいいあっているうちに、何か友情を感じてくるのだからありがたいものである。

豆

幸田文

一

なんだ、たろはち、豆腐は豆じゃ、あやめ団子は米のこな——という唄を私は小さいとき教えてもらったが、言うまでもなく豆腐の原料は大豆である。あやめ団子は「さきを四ツ又に裂いた竹の一ツ一ツに、小さい団子四個ずつをさしたもの。その形が菖蒲の花に似る」と辞書にあるが、私はたべたことはない。はじめの文句の「なんだ、たろはち」もわからない。何のことかという「何だ」か、お釈迦さまのお弟子の名のことか、たろはちも人名かほかのことか、まるで知らない。豆腐は豆で団子は米の粉と、口調のよさでだけおぼえたのである。

雑穀屋さんへ行った。もとは種ものも扱った家である。ざっと勘定して十四、五種の豆の樽がならんでいた。すぐ眼に来たことは、豆は光る豆と光らない豆の二種類があるのだなという、わかりかたであった。あずき、うずら、いんげん、黒豆は光っていて、えんどうは皺だらけ、そら豆はしかめ面、大豆は実直堅固に見えた。

大豆を五合くださいと言うと「品がらはどんなところをあげましょう。ここに出ているのは地大豆のなかで一等と、岩手の秋田なかでですが、どちらにしましょう」と来た。岩手の秋田だなんて言われてもちんぷんかんぷんだが、わざわざ種もの屋さんをしている商店を選んだのは、ここが覘《ねら》いだったのだから嬉しいのである。御迷惑ですが教えてくださいと、ときりだせるからだ。

そこで地大豆と呼ばれているのは、群馬県沼田産をさしており、なかでは早生《わせ》と晩生《おくて》の中間にみのるもののことであり、それぞれ品質には等級がつけられている。岩手の秋田とは、その豆がもと秋田県から産出されていた種類で、いまそれを岩手県でも栽培出荷するので、岩手の秋田大豆と呼ぶという。

あまり私が無智なので主人は笑いながら「大豆というのは枝豆ですよ。夏、莢《さや》のまま茹でてたべるあれですよ」と言ってくれた。まさかそれは知っていたが、それほどの親切を豆五合が決してあがなえるものではない。好意である。ものを知っている人が惜しまず親切に教えてくれるときの嬉しさというものは、肉親と師とがいっしょになったような温かさを感じて、もし自分も人に訊かれたときは能う限りのことをしようと思う。当面のそのことどもに、人間の善性を育てられる感がある。

去年とおととしの豆の作柄と相場の比較や、戦前戦後の輸入大豆のことも話してくれた。戦後はアメリカ豆が入っていて「これはイリノイ産で八十キロ一ト包になってます。品質は感心しませんけど廉いんです。お豆腐屋さんで使いますけど味は落ちましょう。しかしそこが商売ですし、腕でしょうから、混合の割合を苦労しておいしくつくるんです。」——イリノイのお百姓さんは豆腐を知らないだろうし、私たちはイリノイの豆畑風景は知らない。よそ土地から来た人を旅人という。魚や野菜もそうで、遠く送られてきたものを旅ものという。はるかに海を越えて来た旅の大豆は小粒であった。

二

うずら豆はだいたい蔓《つる》のあるものが値が高い。蔓なしのものより栽培に人手がかかりもするし、品質もいいのかとおもう。北海道の豆は有名だが、ここにもうずらが何種かならんでおり、紅しぼりという臙脂《えんじ》と白の斑《ふ》のあるきれいなのを求めた。

「こうして御商売をしていらして、何の豆がいちばん出ますか。」「家庭で使う豆のことですか。」

「ええ。」「まあ、うずらでしょうね。でも、うちで豆を煮ることは、このごろじゃ殆どしないんですよ。みんな煮てあるものを買うようになったんですね。食生活も嗜好も変わってきたことが、豆を通して見るだけでもよくわかります。衛生の面もやかましく言われるから煮豆屋さんの台所もむかしのようにきたなくはなくなったし、だいいち台所なんて言わない。加工場ですよ。なんせ、あんこまで漉し餡もつぶし餡もデパートで売っている世の中になったのです。豆腐も若い人には向かなくなってきたと言われてますし、長い時間かけて豆を煮る人はいなくなりました。私が豆屋だからいうんじゃないけど、豆をふっくり煮てくれる女はいなくなったと言っていいでしょうね。」

もとから、東京の女は乾物を扱うのは上手でないと言われている。気短かで、がさつだからという。東京にある関西一流の割烹店で、ときに豆を出されることがあるが、そのおいしさはまさに「ふっくりした味」である。ふっくりと豆を煮てくれる女はいなくなったと言われると、たしかにそうで、私の身辺にも茹で豆を食卓にのぼせるひとはいても、自家製煮豆をこしらえるひとは少ない。

なんとかの一ツ覚えということがある。私も煮豆をなんどりと煮ることができない組で「文子の煮豆は気をつけてたべないと、伏兵がひそめてある。うっかりしていると歯が折れそうな、石のごとき豆がまざっている」と言われた。そしてたった一ツおぼえたのは「豆を煮るにはそっと大事に煮る。いじってはいけない」ということだった。

買って来た北海道の紅しぼりという豆はあまりに艶麗である。よく煮たかった。だのに、あそれなのにである。見るかげもなく、きたなく煮えてしまった。それで、煮豆屋さんへ行って訊いて来てもらいたいと、心利いた老手伝さんを出した。

「それが、行ってみますとお店がへんなふうにがらんとしてましして、奥でおかみさんが折本の内職しとりますんで、――」黒枠の写真が飾られていて、十日ほどまえ主人は脳溢血だったということ。「煮たり売ったりの一人働きは無理だそうで、もう店はよすそうですが、でも豆の煮かたはようく教えてくれました。肝腎なことは、いじっちゃいけないことで、――」と事細かに報告してくれた。私は聴いていても、煮豆をやめて折本内職をするひとのことばかり考えていたし、話している老女もたぶん同じ思いだろう。信州では不幸のとき黒豆のおこわをたく。黒豆も光っている豆だ、と思う。

望梅止渇

渇きの季節

邱永漢

一頃、ミキサーというものがずいぶん流行《はや》ったことがある。どうも女の人（それともうちの女房だけか？）は他人の持っているものを欲しがる妙な癖があって、よその家の台所や茶の間にミキサーがおいてあるのを見ると、うちでもあれを買いましょうとうるさかった。こちらは財布のいたむ話だから、勿論、なかなか賛成しない。ミキサーの最大の欠点は、たとえば果実のエッセンスが欲しい場合でも水を加えなければならないことで、葡萄《ぶどう》でもレモンでもせっかくの味が台無しになってしまう。そんなにミキサーがほしかったら、果物と水を一緒に胃袋の中に入れてから猛烈なスピードで駈足をするか、バスにでも乗ればよいじゃないかと憎まれ口をきいた。私の姉の家が一足先に買い、最初は珍しがってこちらが訪ねて行くと、やたらにジュースのようなものを出したりしていたが、そのうちにミキサーのミの字も口に出さなくなった。それ見たことかと思うのだが、それでもまだ欲しいという。たまたま私が直木賞をもらった時、甘辛社から何かお祝いに記念品をさしあげたいがと言って来たので、これ幸いと、ではお言葉に甘えてミキサーをいただきましょうと返事をすると、しばらくたって大阪から待望のミキサーが送られて来た。

喜んだのは家内だけではない。新しがり屋という点では私だって人後に落ちないから、その日から、夏ミカンやトマトや葡萄やその他手当り次第投げ込んで、スイッチを入れては、ヒューンヒューンというあの音を楽しんだ。しかし、ミキサーで作ったジュースなど元来がうまいものではないから、しばらくすると飽きてしまい、いつとはなしにビニールのカバーにほこりがかかってしまっている。「無ければ欲しくなるが、あれば役に立たないものはなあに？」ときかれれば即座に「ミキサー」と答えたくなるほど、これはバカバカしいものである。

しかし、さんざ欲しがっておいてあとで悪口を言ったりするのでは、だいいち浪花節の精神に反するし、第二に宝の持ち腐れになって、いかにももったいない。何かうまい利用法がないものかと、あれこれ考えて、ようやく思いついたのが、ミキサーで米漿《マイチヨン》をつくることであった。

ずいぶん前のことだから、もうお忘れかも知れないが、私は中国風のお餅、糕《コウ》の作り方について書いたことがある。糕はお米を碾臼《ひきうす》でひいて作るが、乾いた米を粉にしてから水を加える方法（広東式）と、前の晩に米を水につけておいて、翌朝、杓子で掬《すく》いあげては碾臼にかける方法とがある。私の故郷ではもっぱら後者の方法が用いられていたので、子供の頃はお祭や節句が近づく度に、裏庭に出て臼をひく手伝いを自ら買って出たものである。甘い年糕にしても、塩味の大根餅にしても、こうして臼にかけてドロドロになった米漿に砂糖を加えたり、或いは大根をまぜたりして作るのであるが、冬至の時に食べる円仔《イーア》（だんご）や、ちょうど夏のはじめに作る芋糕《オーコエ》（里芋入の餅）などはこの米漿をおもしにかけて水分を抜いてから加工する。

そういう食べ物を思い出す度に碾臼のない嘆きをいつも新たにしていたが、ある時、ほこりだらけになったミキサーを眺めているうちに、ふと思いついたのである。碾臼にかける場合だって、一度、水の力をかりて、また水を抜くのだから、ミキサーにかけて、米を液体状にすることが出来たら、まことに便利ではないかと。そこで早速、その晩、外米を水につけておいて、翌日、少しずつミキサーに入れて実験して見ると、はたして米漿が出来るのである。ただ最初の頃はせっかちだったせいか、まだ十分に粉砕されないうちにとり出したので、蒸して出来あがったのを口に入れて見ると、少しザラザラすることがあったし、もう一つは水の分量が平均しないので、米漿の堅さ加減がわからず、やたらに堅くなったり、反対に柔かすぎたりした。しかし、これは本番に入る前に小皿に少量入れて蒸籠《せいろう》で実験した上で水加減をしなおすことによって防止した。あとは前に述べた要領で、大根を線切りにして茹でたものや腸詰《ラプチョン》（臘腸）や蝦米を加えて蒸すのである。こうして、私の家では、どうやら年を越す時でも、日本風の餅と中国風の糕を同時に味わうことが出来るようになったのである。

なおミキサーを利用して簡単に出来るものと言えば、碗糕《ワアクエイ》、つまりお茶碗餅が一番手頃であろう。あまり底の深くない茶碗（日本ならお煮付などを入れるお皿がよいかも知れない）に、ミキサーで作った米漿を流し込む。別に豚肉の脂身の多いところと椎茸を粒状にきって、生えびを加えて醬油炒めをした具をその上に加えて蒸籠にかけるのである。こうして出来上ったお餅はフカフカと湯気の吹いているのを食べてもよいし、また人によっては碗糕は冷たいものを食べるものだというのもあって、夏の昼食や間食にはもって来いである。

さて、一度、ミキサーを活用して味をしめると、ほかにまた利用法はないものかと考えるようになった。次に考えついたのが杏仁豆腐《ハンヤンタウフ》である。子供の頃、夏の盛り場で食べた冷たい杏仁豆腐は、たしか杏仁（アモンド）を碾臼でひいてからしぼったものである。碾臼で出来たものなら、ミキサーを使っても出来そうなものである。そこで杏仁を買って来て、熱湯をかけて薄皮をむき、水を加えてミキサーにかけた。別にゼリーを作る要領でゼラチンをとかして、その中にミキサーにかけた杏仁をガーゼでこしてそのおつゆをたらす。それをプレートに流し込んで冷蔵庫に入れておくと、翌日白い豆腐状のものが出来あがっている。砂糖水を作ってこれも冷たくしておき、食べる時に、杏仁豆腐を適当な大きさに切り、色彩を美しくするために、罐詰のチェリーを加えると、これは夏のデザートとしてなかなか捨て難いものとなる。

杏仁豆腐で思い出したが、夏の間食として子供の頃から親しんで来たものがずいぶんある。台湾では夏は駝鳥の卵ぐらいの大きな里芋がとれるので、日本で小豆アイスを作るように、里芋のアイスクリームを盛んに食べたし、また、楊桃という果物はたしか魯迅が広東か厦門にいた頃に書いた随筆の中にも出てくるが、これを材料にした冷たい飲物は盛り場の人気ものであった。

しかし、夏の食べ物として大書すべきは、アイギョと仙草《センツアウ》であろう。アイギョは俗に愛玉とあて字をされているが、もともとは台湾の山中にとれる樹の実である。この実をわってひっくりかえしたものを雑貨屋で売っていたが、見た感じは鶏のカタ肝をひっくりかえしたのと似ている。これをガーゼに包んで水の中でしぼると、ぬるぬるした糊状のものが出て来て、やがて寒天のように水がかたまってくる。ただ寒天のようなノリ臭さはない。これを細かく砕いて砂糖水を加えて食べるのである。戦前、浅草で愛玉を売っている店があったが、今はどうなっているることだろう。

もう一つの仙草は、仙草と呼ばれている草の葉や茎を煮て、その液汁に梘水と生粉（カタクリ粉）を少量加えてかためた黒い寒天と思えば間違いない。広東人はこれを涼粉《リョンファン》と呼んでいる。ちょっと苦味があって、子供の時はあまり好きでなかったが、夏、これを食べると、〃渇《かわ》き〃をとめる神効があると言われているから、太田経子さん画くところの〃渇き夫人〃に飲ませるとよいかも知れない。そう言えば、夏の飲料はただ甘いだけでは駄目で、麦酒《ビール》などももしあの苦味がなかったら、麦酒党などというものは生まれなかったかも知れない。私の友人に二十歳をすぎてからはじめて麦酒を飲んだのがいるが、一口飲むとすぐ吐き出して、「こんなまずいものを飲む奴の気が知れない」と言った。居合わせた連中は皆腹を抱えて大笑いをしたが、もう今どきそんな純情な人間は、鐘や太鼓を叩いて探しても、いないのではなかろうか。苦いと知りつつも、今はとにかく、渇きの季節である。

「まるごと料理」に挑戦しよう

三善晃

料理の原点は、「まるごと」にある

料理は生まれて初めて、という人には、大きい料理をおすすめする。鶉《うずら》と葡萄《ぶどう》のココット煮（シチュー鍋の一種）より鶏の丸焼きを、虹鱒《にじます》のショーフロワ（冷製）より鯉の丸揚げを。そのほうが、手続きと味が明快に対応していて腕をふるった手ごたえが端的に皿に反映する。つまり、模型飛行機より丸木舟だ。

大昔、獣を屠《ほふ》った人たちが、その場で獲物を丸焼きにして食べてしまった流儀が、今もいろいろな形で各地に残っている。たとえば、アフリカでは象の肉を火鉢くらいの大きな角切りにして火で焙《あぶ》ったのを棒にさし、背負って次の狩りに向かうそうだが、岩塩でもこすりつけて食べたらこれはまた、どんなにおいしかろうと思う。

砂漠には、倒れた駱駝《らくだ》を火の上に置いて、それを食べつくすまでは太陽と星の下の宴《うたげ》を続ける隊商がいると聞いた。アルゼンチンのバーベキュー、ポリネシア諸島の豚の丸焼き、フランスのコション・ド・レ・ロチ（生まれたての豚の丸焼き）など、みなその系統で、象や駱駝がだんだん小さくなってはきているが、「まるごと料理」の原点に帰れば、これほどおいしい料理法がほかにあるとは思えない。

私考するに、素材の、小さな一部分を人間がいろいろといじくって味をつけるのも、「まるごと」に含まれる勇壮な味の混淆《こんこう》に、少しでもあやかろうとするか、それを初めから諦《あきら》めて逆にそれから離れた味を創り出そうとするか、どちらかであろう。いずれにしても、いじらしいことなのである。

たとえば極小の「まるごと」、沢蟹《さわがに》の唐揚げの味を、ほかの素材を使って、どうやって出せるだろう。鶫《つぐみ》や鶸《ひわ》は禁鳥になってしまったが、これら小さい野鳥の丸焼きだって、毛をむしり、料理バサミで背開きにし、ドリとよぶ肺臓をとって酒醤油につけ、炭火で焼き上げれば、脚から頭の脳味噌《みそ》まで、味の複雑な変容と混淆が楽しめる。

日本酒を燗《かん》しながらこの香ばしい煙の中で談笑する冬の夜は、そう、傍らに山椒《さんしょう》味噌をつけたおむすびでも用意し、焼き鳥の合間にこれを火で焙《あぶ》って食べすすめば、身も心も満ち足りて温まる。これも立派な料理。

とくにこんなのは主婦《かあちゃん》族の盲点だから、ある夜亭主《あなた》が七輪持ちこんで「さあ、やるぞ」、煙を上げはじめれば、貴方《あなた》の面影はいやでも山男の風格を備《そな》え、家族の尊敬を一身にあつめるだろう。厨房亭主、なにも、鍋だ、バターだ、ベイリーフだと家族をこき使うばかりが腕のふるいどころではない。

「食通」なんかにはなりたくない

もっとも、まるごと料理も凝りすぎるとオカシナことになる。これはたしか、吉田健一《よしだけんいち》さんの文で読んだのだが、料理の複雑化も行きづまりになった今世紀三十年代の食通の話。

スペインはバルセローナ近辺から選りすぐったオリーヴの実を取り寄せ、さらに厳選して、二粒を選び出す。これを極上のアルマニャック（アルマニャック地方のブランディ、なおコニャックもコニャック地方のブランディのこと）にひたすなりなんらかの然《しか》るべき処置をして、これまた産地で選び抜かれた一羽の雲雀《ひばり》の腹に詰める。この雲雀もまた酒類、香草類その他もろもろの厚い手当てを受けたのち頬白《ほおじろ》の腹に詰め込まれる。頬白もまた厳選された一羽であること言うまでもない。

かくして、頬白は山鴫《しぎ》に、山鴫は鷓鴣《しゃこ》に、鷓鴣は仔鴨《キャヌトン》に、と順次大きな鳥の腹に、そのつど必要な手続きをほどこされつつ詰められてゆき、最後は七面鳥だかほろほろ鳥《パンタード》だかが、すべてを腹中におさめて仕上げの手当てを受け、竃《かまど》に入れられて丸焼きにされる。

さて、焼き上がったものは食通二人の待つテーブルに運ばれ、パンタードの腹中からプーラルド・ド・ブレス（ブレス地方の肥鶏で最上級の鶏とされる）が取り出され、その腹中から雉子《きじ》が、と、詰められたときの逆の順序で次々と取り出され、最後に二粒のオリーヴが一粒ずつ、二人の食通の前に置かれる。

さて、二人はこのオリーヴを仔細に眺めた後、おもむろにこれを食して、おしまい。鳥類はすべて下げられる。そして二人は、何番目かの仔鴨の熟成（フザンダージュ）がチト足りなかった、とか、頬白の処理に使ったフィーヌ・シャンパーニュ（コニャック）は何年ものだったはずだが、このオリーヴのためには少し若すぎた、とか話し合う、のだそうで、滑稽を通り越して腹も立たないアホウな話である。

吉田さんも書いておられたが、せっかくの鳥肉はどうなっチマッタんだろう。それらの肉の味をオリーヴ一粒で味わい分けるのが食通なら、食通なんぞに金輪際なりたくないものである。だいたい、食通と称して、あるいは称されて、当人は卵一つ割ったことがあるわけでなし、それで、どこそこの何は保証するとか、絶佳の美味だ、とかありがたいご託宣を並べる。そういうのに限って、金と暇があって歯の悪い連中だ。近ごろじゃ、ご招待でやたら太鼓判押してるのもいるから、暇さえあればいいという、結構なご時世ではある。

それに比べれば、オリーヴの食通殿など、多少は漫画的救いがあって罪は軽い。それに、ここには味の混淆という見地から掬《きく》すべき一片の意味なしとしない。味の混淆については8章においで真っ正面から取り組むこととして、私たちは、自分の手で、——そうだった、大きい料理、まるごと料理に立ち向かうことにしよう。手作りの、健康な創造精神に祝福あれ。

鶏《とり》一羽のまるごと料理に挑戦

大きいまるごと、と言ってもまさか、アルゼンチンのように牛一頭の吊るし焼き、というわけにはゆくまいから、最も一般的に鶏一羽でやってみよう。「白切鶏《パイチエチ》」、蒸し鶏はどうだろうか。中華料理の前菜に欠かせない一品で、冷やして醬油、辛子、ラー油をつけて食べれば、夏はもちろん四季を通じてじつに爽快の美味。深鍋と蒸し器があればできる。

材料（四人分）

鶏　一羽（一二〇〇〜一五〇〇グラム）　しょうが　二片
鶏骨　四羽分　ほかに日本酒、塩
長ねぎ　一束（五本ぐらい）

土曜日か日曜日の昼すぎに、鶏を一羽求めて来よう。一羽一二〇〇グラムから一五〇〇グラムぐらいのを、丸ぬきと称する、内臓ぬきをしてもらう。腹中のレバー、砂肝、腎臓は忘れずに入れてもらう。鶏骨《がら》四羽分を別に分けてもらい、あと八百屋で長ねぎ一束、しょうが二かけ、買い物はこれで終わり。

さて深鍋（鶏一羽を楽に沈めることのできるもの）に水を張り、鶏骨を適当に割って入れ、火にかける。煮立ったら中弱火《とろび》、スープの表面がおどらないようにしてアクをすくい取り、長ねぎ二本のぶつ切り、しょうが一かけを包丁の柄でたたきつぶして入れ、さらに煮出し、濃いスープを作る。鶏骨とともに仔牛肩肉を入れれば、白色フォン（ソースの基本）となる。

濃くスープが出たらいったん漉《こ》して再び中火にかけ、スープの量の一割程度の日本酒を入れ、塩で吸い物くらいの味にする。このとき、各種スープの素（中華用、鶏のヴィヨン素など）、化学調味料の手助けを借りてもよい。酒塩がなじむ程度に火が通ったら深鍋ごと水につけてスープを冷やしておく。この間に鶏を腹の中まで洗い、水をふき取ってから表皮にも腹中にも日本酒をまんべんなく振りかけ、腹中に長ねぎ二本のぶつ切り、しょうがのたたきつぶしをおさめ、湯気の立った蒸し器に入れて蒸す。

蒸し器は中華鍋の上に置くものがあれば申し分ない。適当な蒸し器がない場合は別なやりかたがあるので後述する。

初めからあまり強い蒸気をあてると皮が破れることがあるので、そのへんの火加減を心遣いしながら蒸して、太股《もも》の深いところに串を刺して澄んだ肉汁が出てくればよし、ただちに出して冷やしてあったスープに沈め、全体がひたるように小皿かなんかの重しをしておく。

すなわち、蒸されて火照《ほて》った鶏の表皮や腹腔から、味のついた濃いスープをしみ込ませ、肉の中にふっくらと行き渡らせるのがこの料理の決め手だ。

夕刻、長ねぎの残りを縦に割《さ》き、軸の柔らかいところを取り除いた外側を五センチ長さの繊切りにし、水に放ってそりかえらせ、水を切って大皿に敷く。

深鍋から鶏を引き上げ、脚をはずし、両肩の関節から引きはがすように上肉をはずす。このとき、背と腹の皮に縦の切れ目をつけておくと、皮ごと二分できる。柔らかい肉をこわさないよう、肉に含まれたスープをつぶし出さないよう、気を遣いながら骨をはずし、各肉片を繊維と直角に一・五センチ幅に切って、皿のねぎの上に並べ重ねる。

全過程を通じて、この鶏のさばきがいちばん神経を使うところ。よく切れる包丁の柄を下から押し上げるようにして一気に押し切ると、身くずれしないが、なに、家庭では肉塊に分けたところで後は各自好きな部位を選んでもらったっていいだろう。敷いたねぎも鶏の脂気に合って爽《さわ》やか。前述の調味料を好みに混ぜて召し上がれ。四人家族で一羽は適当な一品だろう。

さて、蒸し器がない場合は、深鍋をもう一つご用意いただいて、こちらにも鶏骨でスープをとる。こちらは鶏骨二羽分、これに酒を適宜入れ、長ねぎ、しょうが入りの鶏をこれで茹でればよい。茹だったら、冷やした別鍋の濃いスープに沈めること、蒸した場合と同じ。

鶏の内臓はおつな酒の肴《さかな》

ここまでやったら、この鶏一羽分の砂肝、レバー、腎臓にも手当てをほどこしてやろう。鶏を蒸し始めてからでも、じゅうぶんにその時間はある。

砂肝は固い表皮を削り取って繊切り、これはわさび醬油でこのまま箸置きの一品、おつな酒の肴となる。ほんのすこし、これが、砂肝の繊切り刺身の身上《しんじょう》だ。

つぎに腎臓のマデーラ酒煮を紹介しよう。一羽分のレバーと腎臓で作るので、何人分というわけにはいかず、せいぜい小鉢《こばち》に少々といったところ。

材料

鶏のレバーと腎臓　一羽分

玉ねぎ　半個

パプリカ　小さじ一

生クリーム　大さじ一

ほかに塩、胡椒《こしょう》、牛乳、小麦粉、スープ（白切鶏を作ったときに出たもの）、バター、マデーラ酒（なければ赤ブドウ酒と味醂）、クローヴ、バージル、コニャック

レバーと腎臓は算盤《そろばん》の球くらいの大きさに切って塩胡椒し、牛乳少量をかけておく。玉ねぎ半個分も同じ大きさに切り、フライパンにたっぷりのバターを溶かして、まず玉ねぎを炒める。中弱火。玉ねぎのエキスを抽出し、バターに移すような気持ちでじっくりと。

玉ねぎが透き通ってきたらレバーと腎臓を入れ、中火。色が変わったら、バターを足す。肉片の膝《ひざ》あたりに溶けたバターが流れるくらい。その流れに小麦粉をふるい入れる。これは、足したバターの、そう三分の一くらいでよい。また弱火におとして粉にバターをなじませる。フライパンをいったん火からおろし、先刻の濃いスープ少量で炒めた粉をよく溶きのばし、マデ

ーラ酒（なければ赤ブドウ酒と味醂三対一）大さじ二、クローヴ、バージル、胡椒をそれぞれ少しずつ、パプリカ小さじ一を入れ、塩加減する。

少量の溶き辛子、トマト・ピューレ、甘くないウースター・ソースを入れてもよい。塩加減のときにヴイヨンの素を利用するのもよいだろう。

これらがなじむ程度に弱火でしばらく煮てからコニャックを注ぎ、強火にして燃やす。最後に生クリーム大さじ一を入れ、深めの皿に取る。これがマデーラ酒煮。

なにしろ一羽分の材料で量が少ないから、フライパンはオムレツ用くらいの小さいものがよい。底が広いと肉とバターのなじみが薄くなり、肉が固くなりやすいからだ。

大鍋いっぱいに作りたければ仔牛の腎臓やレバーを用い、同じ手順で料理する。

鶏ならレバー、腎臓とともに鶏冠《とさか》も求めて来て繊切りし、肉の仲間入りさせよう。三種三様の味と歯ざわりが、バター、マデーラ、生クリーム、コニャックと濃密なアラベスクを織り、バター・ライスやスパゲティに添えれば、お客を迎えた午食の一品としても侘《わび》しくない。

仔牛の場合は、鶏骨と仔牛肩肉でとったフォンとマデーラ酒でソースを作れば、素姓確かなもの（エスパニョル系のソース・マデール）となる。

さて、とくにおすすめしたいのが、これらの腎臓煮をプレーン・オムレツに流しかけた一品。

これにビールと黒パンとサラダ、という午食は、ウイーク・エンドの男の憩《いこ》いを深め、次なる創造の泉たらしめよう。

食べ終わったら一言、「コーヒーの豆をひけ」、奥さんにそう宣《のたま》えばよい。

あまった肉で、おいしいサラダができる

さて、先ほどの白切鶏では、胸骨をはじめ手脚の骨からも、たくさんの肉の細片が取れる。魚なら中落ちのあら、いちばんおいしいところだ。これは各種サラダやコロッケに用いるのにもってこいの材料だから、これを使った簡単なサラダ二種をご紹介しよう。

中華風サラダ。

材料

鶏（「白切鶏」を作った残り）カップ一
春雨　約五〇グラム
椎茸　一〇枚
ハム　二〇〇グラム
きゅうり　二本
蟹《かに》　一缶
ほかに胡麻《ごま》油、サラダ油、塩、酒、黒オリーヴ、醬油、味醂、酢、辛子、ラー油春雨（あれば中国産の粉絲《フンスー》がよい）は適当な長さに切って熱湯に入れ、透き通ったら湯切り、水洗いしてボールに取り、胡麻油をなじませておく。椎茸は五ミリ幅切り、蓋《ふた》付き厚鍋にサラダ油を熱した中に放り込み、ただちに薄塩、次いで酒少々を振り込んで蓋をし（この間、強火）、すぐ火をとめて蒸らす。ハムときゅうりは四センチ長さの細切り、缶詰の蟹はほぐして骨とり。鶏も細く割《さ》いておく。

深皿に春雨を敷き、鶏、ハム、きゅうり、椎茸を並べ、蟹を配し、黒オリーヴを点々と撒《ま》く。椎茸の蒸し汁、酒、醬油、味醂、酢、胡麻油を合わせて、好みの甘酢ドレッシングを作る。胡麻油は全体の三分の一、醬油味醂の代わりに即席のめんつゆの素を使ってもよいかもしれない。これを皿に回すようにしてかけ、冷蔵庫で冷やしながら味をなじませる。好みで辛子やラー油を加えて召し上がれ。

椎茸の蒸し煮の方法は、あらゆる茸《きのこ》類に適用でき、とくに、シャンピニョン（マッシュルーム）をこれで料理すれば即席のギリシャ風前菜になる。熱いうちに食べるならバターで、冷やして食べるならサラダ油で。条件は蓋付き（ガラスだと便利）厚鍋でやること。

シャンピニョンは、さっと水洗いしてから石突きを削《けず》る（逆にすると味が流出してしまう）。

大きさがまちまちでも、すべてまるごと使う。塩、胡椒、月桂樹の葉、酒カップ三分の二を手元に用意してから、鍋の油を熱する。シャンピニョンを入れて鍋を一ゆすりし、すぐ塩、胡椒、月桂樹の葉、酒、次々に手早く入れて蓋をし、火をとめてしまう。厚鍋の熱が茸や酒の香りを蒸らし、冷えたときにはシャンピニョンの形をした香味の塊りが群れ光っていよう。

鶏サラダ。

材料

鶏(「白切鶏」を作った残り) 一カップ

セロリ 一本

玉ねぎ 半個

オリーヴ、ピクルス 適宜

ほかにマヨネーズ、粒胡椒、辛子など

鶏の細片、セロリと玉ねぎの薄切り、オリーヴとピクルスのみじん切りをマヨネーズ系統のドレッシングであえる。マヨネーズに生クリームやサワー・クリームを混ぜたもの、茹で卵のみじん切りを加えたもの、辛子入り、わさび入り、トマト・ピューレ入り、お好み次第。胡椒はぜひ、粒をつぶして。キャラウエイ・シーズがあれば、ぜひ。

ピクルスは即席のほうがおいしい

そのピクルスだが、ある日、急に食べたくなっても、それから漬けて間に合うものでない――という迂闊《うかつ》さがうれしくなってしまうほどおいしい即席の作りかたがある。きゅうり数本で作ってみよう。

材料

きゅうり　数本　　ほかに酢、月桂樹の葉、鷹《たか》の爪（種ぬき）、

塩　一つかみ　　　一味唐辛子

まな板の上にきゅうり数本を横に並べ、塩を大きく一つかみまぶし、両手で押え込むようにしながら前後にころがす。なるべく、きゅうりどうし、それにまな板とのすり合わせを激しく、まんべんなく。きゅうりの皮がところどころすり切れ、塩が溶けて緑色になるだろう。琺瑯《ほうろう》の鍋（耐熱ガラスでもよい。金属性を避ける）に酢を沸かす。量は、きゅうり五本ならカップ一・五くらいか。月桂樹の葉、鷹の爪の種ぬき、一味唐辛子少し入れ、煮立ったら、きゅうりを五

センチほどのぶつ切りにして入れる。緑色にそまった塩は洗い流さずにそのまま。酢は、このとき、きゅうりの腰くらいの高さがあればよい。

強火のまま、きゅうりをころがし続け、きゅうりが少し暗い緑に透き通ってきたら火をとめ、酢ごと別器に移して冷やす。

市販のピクルスのどぎつい酸味や甘さがなく、さっぱりと、しかも奥深い涼味は、体じゅうにオゾンがしみ渡るように爽やかで、即席、とは言っても、こっちがホントだと食べた人はみな言う。

ウチに市販ピクルスを置かないのは、計画的迂闊《うかつ》、なので、「なに、またピクルスがないって？　しようがない、やるか」と塩をつかむとき、天もご照覧あれ、私が犬ならばしっぽは、はち切れんばかりに振れているのである。

舌は自然のドラマの最後の舞台だ

即席のほうがおいしいものに、これも漬けるものだが、烏賊《いか》の塩辛がある。

材料

烏賊　一本
ほかに塩、酒、七味唐辛子、化学調味料

烏賊のわた　五本

塩、酒（好みで七味唐辛子や化学調味料）でざっとときほぐしたわた（内臓）に烏賊の繊切り（脚は除く）を混ぜたら、その場で啜《すす》り込むのが一番。世に、漬けごろと称して味ならしするのは、わたからはそのこくを、烏賊の身からはその鮮味を奪う以外の何ものでもない。

ついでだが、この即席塩辛と紫蘇《しそ》の実（塩漬け、醬油漬け、味噌漬けなど）をお椀にとり、熱湯を注いで召し上がれ。烏賊が淡雪《あわゆき》のごとく溶けながら紫蘇の香味を侵さんとする瞬間を貴方《あなた》の味蕾《みらい》は捉《とら》えるだろう。紫蘇の味噌漬けは紫蘇の実を塩水で洗い、木綿袋に入れて味噌壺の中に埋めておけばよい。

人間の舌こそ、そこで四季の自然が最後のドラマを演ずる舞台なのである、とはどなたでしたっけ、おっしゃっていたように記憶するが、そう、烏賊の身とわたもドラマならば、塩辛と紫蘇もドラマだ。時間をかければなんでも熟《な》れるわけでなく、ときには狎《な》れてしまってドラマが台なしになることだって、あるのは、けだし人間的摂理、でもありましたな。

卵黄と生クリームで寝酒のカクテルを

さて、ここでは一羽の白切鶏から、腎臓のマデーラ酒煮や即席ピクルスまで話が広がったが、鶏の細片のグラタンをご紹介して、コーダ（楽曲の終結部）としよう。鶏と蟹、それに先ほどのギリシャ風シャンピニョンの汁を使う。

材料

- 鶏（蒸し鶏を細かく割いたもの）一カップ
- 蟹　一カップ
- 卵黄　一個
- 小麦粉　六〇グラム
- バター　七〇グラム
- 牛乳　二・五カップ
- 生クリーム　半カップ
- ギリシャ風シャンピニョンの汁　一カップ
- 塩、胡椒、酒、粉チーズ、パン粉、紅茶

小麦粉をバターで炒める。ルーのこつをここで述べると、小麦粉とバターは重さで六対七の分量。初めにバターを溶かし、その水分をとばしてから粉を入れ、焦《こ》がさぬよう、じゅうぶんに火を通す。粉は中力粉のほうがよい。バターの水分をとばすのは粉をだまにしないためで、沸

いたバターの泡が、大きいプクプクから小さいフツフツになればよい。

ギリシャ風シャンピニョンの汁と牛乳を合わせて、さきほどのルーの七倍くらいの重さにし、温めておく。粉がさくさくになったら、この牛乳合わせ汁で溶かし、ほぐした蟹、鶏を入れ、弱火で内容《なかみ》をなじませながら、塩、胡椒で調味。このとき、紅茶の葉をほんの一つまみかくし入れてみよう。

火をとめて卵黄一、同量の酒、倍量の生クリームを混ぜ合わせたものを入れてかきまわしながらオーブン用の容器に移し、粉チーズ、パン粉、バターの覆《おお》いをして焼く。

鶏、蟹のほかに、シャンピニョン、グリーン・ピース、もどした木くらげ、漉《す》き昆布などの少量を入れてもよいし、生クリームにパプリカを溶きまぜておくと蟹の味が明るくなる。

ついでに、卵黄と生クリームと酒の攪拌《こうはん》は、寝酒にもってこいのエッグ・ノッグ・カクテルとなる。

酒はブランディのほか、シェリー、グラン・マルニエ、ポルトーなど。アクセントにはシナモンとアニスを使う。長い夜を眠らずに過ごすためには、これにインスタント・コーヒーの粉を入れてシェークする。

ヴァニラとラムが入ればフィリップ、そのほかはナポレオンなどとよぶことがある。

料理は初めてという方が、蒸し鶏一羽を料《りょう》った晩の、コーダのコーダに、フィリップの一杯が幸せな夜を開きますように。

B級グルメ考

山田風太郎

文藝春秋刊の「B級グルメのこれが美味《おい》しい！」という文庫本を見ると、B級グルメとは、いわゆる五大丼《どんぶり》と三大ライスのことで、五大丼とは天丼《どん》、うな丼、カツ丼、牛丼、親子丼を指し、三大ライスとはカレーライス、チキンライス、ハヤシライスを指すらしい。

私はこのほかに、麵類とかお惣菜《そうざい》などのなかにも、B級グルメにはいるものがあると思うが、要するに高級料亭とか高級レストランとかでは出さないが、庶民が好んで食べる食物をそう呼んでもいいいと思う。

B級グルメといえば、戦後の闇市の屋台店などを思い出すが、何が材料だかエタイの知れない食物で、これは美食《グルメ》とは呼べないものかも知れない。

それよりB級グルメといえば、思い出すのはソウルの南大門市場だ。

韓国旅行をしたのは、昭和六十二年秋のことだが、私の日記に曰く、

「実に驚くべき市場なり。迷路のごとき通り道の両側にあらゆる食料品——魚、干物、野菜、果物——それに豚の頭までが盛りあげられて、ケンカのような売り声が耳を聾《ろう》するばかり、雑然、紛然、混然、轟然たり。売る者も買う者もまるで乞食の大群のごとし。

その狭い通路のあちこち、やや広くなった辻に台や椅子を出し、酒飲む人あり、大鍋に煮たものを食う人あり。燃料はすべて煉炭にして、この煉炭を走って運ぶ女あり、もし火事を発すればいかなることになるや慄然とせざるを得ず、されど人々みな平然たり。

これぞ人間の生命の大渦、大噴火口と見ゆ」

私はこの市場のなかの居酒屋で、豚の頭でもつついてマッカリを飲みたくなった。旅行の都合がつけばそうしたかも知れない。

B級グルメの見本のような場所であったが、だいたい私はA級グルメの高級料亭などより、こんな場所のほうが居心地よく感じるのである。味だって、A級グルメよりB級グルメのほうがウマいのじゃないかと考えているくらいだ。

ところで右の五大丼、三大ライスからわかるように、どうやら日本では、飯の上に何かかけたり、混ぜたりしたものはB級とされるらしい。

しかし同じ米食民族でも日本以外では、むしろそのような食べ方がふつうのようだ。

いま日本以外ではといったが、実は日本人もこんな食べ方が大好きで、外食する際は大半が麺類かこの五大丼、三大ライスの厄介になるのではないか。

そこで一歩すすめて、いっそ雑炊屋を作ったら、千客万来の繁昌をするだろうと思う。

雑炊といえば、私などしかし悲しい記憶がよみがえる。

いっとき日本には雑炊時代というものがあった。

「三越と伊勢丹の雑炊にならぶ。約一時間かかる」

昭和十九年六月某日の私の日記の一節である。敗戦の前年で当時私は二十二歳の学生であった。

場所は新宿で、デパートでは商品らしいものは何ひとつ売っておらず、ただ最上階に雑炊食堂があって、これに各階の階段を埋めて長蛇の列がつながっていた。

どこの雑炊に箸が立つか立たないかということが重大な話題で、いずれにせよ一軒だけではとうてい足らず、一軒の雑炊にありつくと、すぐに二軒目へかけつけなければならなかった。三越と伊勢丹と書いてあるのはそのためだ。

「三越はスラスラ行列が進行するのに、伊勢丹の方はなかなかうまくゆかない。十分間くらい停止していたりする。売る方の係が無能なのか設備が不足なのか、それに同じ二十銭でも三越の方がうまい。デパートも雑炊によって品評される時代になった」

いま思い出しても、古事記の「黄泉戸喫《よもつへぐい》」をやったような気がする。

こんな悲しい記憶は、あのときだけの悪夢としたい。雑炊には、高級料亭のA級グルメの総仕上げともなる値打ちがあるのである。

雑炊屋をひらくなら、私の構想では、雑炊は十種類くらいにして厳選し、それぞれ専門店ならではの味をそなえれば必ず成功すると思う。

雑炊とは兄弟のような食い物だが、汁かけ飯というやつも時々はウマいものだ。これはCクラスの食い物だとつつしむところもあるので、このごろはあまりやらないけれど、それでも味噌汁がホウボウとかカワハギなどの白身の魚をダシに使ったものだと、つい汁かけ飯にすることがある。鮭の酒粕《さけかす》汁を汁かけ飯にしたものもウマい。

酒粕汁といえば、映画の名匠小津安二郎も酒粕汁が大好物であった。小津は一種の美食家で、男の日記には珍らしく毎日の食事をわりに丹念に日記に残しているが、その昭和三十年の記録に、

「一月十七日」

夜、鮭粕汁をつくる。美味。

［一月二十二日］

朝、鮭粕汁を拵《こしら》える。美味。

［二月一日］

鮭粕汁にて夕めし。

などとある。厖大な日記をいいかげんにひらいて見かけたものだが、相当な頻度である。

小津が名作といわれる「東京物語」を送り出したのは昭和二十八年のことだから、昭和三十年といえばアブラの乗りきった盛りだが、独身であったはずの彼はみずから鮭の粕汁を作ったのだろうか。

ついでにいえば谷崎潤一郎も、黒砂糖を酒粕でくるんで焼いた「酒粕まんじゅう」が大好物であったという。材料から見るとBクラスの菓子に思えるが、ちょっと食べてみたい気がする。

さて、酒粕汁の汁かけ飯がウマいとは、右に書いた通りだが、それであるとき、それならはじめから粕汁の雑炊を作ったらさぞウマいだろうと思いついた。で、作らせてみた。

すると、これが全然ウマくない。ウマくないどころか泥のようなD級のしろものになってしまった。

次にこれは成功作の話。

わが家で愛用する料理に「チーズの肉トロ」と称するものがある。例のとろけるチーズを薄い牛肉で握りこぶしの半分くらいに包み、サラダ油で焼いたもので、これをナイフで切って食う。正しくは肉のチーズトロというべきだろうが、語呂の関係で「チーズの肉トロ」と呼んでいる。

材料は上等だが、二、三分でできる料理だし、高級レストランなどではまず出てこないだろうから、やっぱりB級グルメの一種といっていいかも知れない。

この料理のことをある随筆に書いてもう十年くらいたつのに、先日も一読者から、数年来「チーズの肉トロ」を食べつづけているがまだ飽きがこないという礼状がきた。

もう一つ、これもB級とはいえまいが、わが家独特の調理で、ビフテキを食うためにビフテキソースを使わず、すり下ろしたニンニクにちょっぴり醬油をたらして、これをビフテキになすりつけて食べる。客が来たときソースとこれとならべて出し、お好きなほうをというと、たいていの人がニンニク醬油のほうをえらぶようだ。

それから、昔、ワビ・サビの極致のような食い物をこころみたことがある。

丼《どんぶり》鉢に醬油をいれ、味の素をふりかけ、それに輪切りにした生大根をいれる。そして数十分後に食べると、醬油味と大根のホノ辛さがまじり合って実に好適な酒のサカナにも飯のおかずにもなるというのである。

昭和二十年代のことで、これを私は新聞か雑誌の随筆で読んだのだが、「フーム、これは案外イケるかも知れんぞ」と手を打った。何しろ書き手が書き手である。永井龍男氏なのである。永井龍男氏はすでに歯切れのいい短篇や洒脱な俳句の名手として令名のある人であった。その人が推賞するのだからと、早速私はこれをこころみた。

が、これはあまりウマくなかった。大根の一夜漬けに劣ること数等である。

內田百閒先生が酒のサカナに珍重されていたものにオカラがある。酒のサカナならいいが、これを山盛りにして、レモンをふりかけ、それだけで真夜中から朝までシャムパン（百閒先生の表記法）をかたむけていられたとは、人の味覚をはたから云々してもはじまらないが、常識的にはどう見てもB級いやC級のサカナといわざるを得ない。

今はどうだか知らないが、昔の作家は文豪といえども貧寒きわまる食事をしていたようだ。グルメの大王谷崎潤一郎、食いしん坊の小島政二郎、みずから包丁をとった檀一雄など数人をのぞいて、一般に作家は粗食の人が多かったようだ。

茄子の味噌汁、茄子の煮物焼物、茄子の漬物と、茄子ずくめで満足していたという森鷗外の食卓、毎晩一汁一菜で、その一菜も余れば翌日娘たちの通学の弁当のおかずにしたという夏目漱石の食卓の例もある。ああ、常人ばなれした大食の正岡子規があるが、あれは迫りくる死に抵抗する狂い食いともいうべきもので、しかもその献立を見るとB級グルメの見本のようだ。

永井荷風に至っては、晩年庭先の七輪に土鍋をかけ、何の雑炊かエタイの知れないものを箸でかきまわして食っていたという。

あまりB級グルメ礼讃論をやっていると、そのうちこちらも荷風先生のようになってしまうかも知れない。

牧畜の国の恩恵

工藤久代

今、世界中で、もっともおいしい牛乳の飲めるところはどこでしょうか？　スイスの山の中とか、オーストリアの山など美味しいところはいろいろあげられるでしょうが、人口百万以上の都会で、昔と変わらぬ味の牛乳が飲めるところ、それはワルシャワではないかと思います。

クリーム色の、ほんとうのクリームが厚く浮いている牛乳、とろりと甘味が舌にまつわりつく牛乳。東京のあまり美味しくない牛乳ですら、毎朝欠かさず飲んでいたほどの牛乳好き夫婦が、こんなにおいしい牛乳のある国へやって来たのですから、幸せは倍増というもの。その上お値段も一リットル四・四ズロチ、約四十五円とお安いのです。

毎朝、一リットルのびんを買って来ます。びんはどっしりと大きく重く、なんともいえぬ豊かな気分にしてくれます。ふたりでせっせと飲んでも、まだびんには半分近く残ってしまいます。その残りの牛乳が、ある朝とろりとしたヨーグルトになっていたのです。その時の驚きはアラジンのランプを見る思いでした。

日本の牛乳はホモジェナイズされていますから、こんな魔法はかかりません。昔ながらに乳酸菌たっぷりの、自然に近い牛乳だからこそ、ヨーグルトができ上るのです。このヨーグルトの味がまた格別。日本で市販されているものとは全く別ものでした。

こちらではヨーグルトとはいわず、クワシネムレコ、酸っぱい牛乳（酸味はほんの少し）といいます。このとろみづいた酸味の少いヨーグルトに、すぐりの類のガラレトを混ぜると、すぐりの色合いによっては、紅や紫がパステルカラーのようにまざり合って、大いに目を楽しませてくれます。これを飲んだ日の体の調子の良さ。結局、ヨーグルトがわが家の朝食に欠かせなくなってしまいました。

ポーランド人は、このヨーグルトからさらに美味しいものを作り出しました。白チーズと呼ばれるカッテージチーズのもう一段階前の製品です。トワロージェクといって絞りのやわらかい白チーズです。

ヨーグルトを麻袋に入れて吊しておくと、水分がしたたり落ちて、こしあんくらいのやわらかさになります。これがトワロージェク。それに、シチピオレク（英語のチャイブス、日本ではえぞねぎと呼ぶ）という細いネギを刻み入れ、塩を少しふりこんでまぜ合わせたものを、黒パンにぬって食べるのですが、これこそポーランドならではの味。これは自家製、つまり手作りでなければ食べられないおふくろの味というべきです。

トワロージェクに卵の黄身とお砂糖をまぜてよくねり上げたものを、乳児の離乳食やおやつにします。コゲルハモゲルハというこのおまじないのような名前を覚えたのは孫ができてからでした。

トワロージェクからもっと水分を取り除けば白チーズです。日本ではカッテージチーズとして小さな容器に入れて売られていますが、ワルシャワではキロ単位、大きなカタマリで売っています。公営のお店屋さんのものより、バザールに出ている田舎から直接運ばれてくる白チーズのほうが美味しいのは当然でしょう。さらに脂肪分の多い白チーズ、脂肪の少い白チーズと、好みと使いみちに応じて買いわけます。

この白チーズを台にして作るのが、いわゆるチーズケーキ。ポーランドのチーズケーキは世界に冠たる味なのですが、辛口好きのわたしたちには少々甘いのです。結局、我流の、糖分をひかえたものを作っていました。手製ならば材料費だけで、ぐんと安くあがります。

この白チーズとゆでたじゃがいもと少量の小麦粉を混ぜてよくねり上げ、すいとん状にゆでたものをレニーベ（不精者）といって、肉のつけ合わせにします。手近かな材料で、手早くなまけものでもできるという意味でしょうが、結構おいしいチーズ料理です。

ポーランド人は牛乳の脂肪、つまり生クリームを実によく使います。シュメタナ（チェコの作曲家スメタナは、この濃縮クリームの意味だという）といって、日本の牛乳びんくらいの小さなびんに入れて売っています。しかし、これこそ青空市場の計り売りが最上級でした。生クリームはお菓子用と考えるのが普通ですが、ポーランドではスープにも欠かすことができません。野菜サラダにマヨネーズというのは日本の感覚らしく、ここでは甘味をつけたシュメタナが野菜サラダの味つけでは一番多いと見受けました。

牛乳の配達制度のあることを知ったのは、住みついて一年くらい経ってからでした。寒い冬の朝など、一本の牛乳を買いに出るにも、防寒具に身をかため、しっかりと外出の仕度を整えなくては風邪をひいてしまうという状況ですから、この制度は全くありがたいものでした。

月末に一ヵ月分の牛乳代と配達サービス料を前払いで払いこむと、次の一ヵ月間、アパートのドアのところに毎朝置いていってくれます。新聞の配達もなく、小包郵便も、局へ出向いて受取るというお国柄ですから、これだけはちょっとした日本的気分が味わえました。

残念なことに、アパートのいたずらっ子が、朝の遅いわが家の牛乳をくすねることが多く、せつかくのこの日本的気分は返上せざるを得なくなりました。

しかし長屋住まいながら地面からじかに入口につながる少し大きな家に住むようになって、この制度の恩恵を再び受けることになりました。門扉には牛乳専用の小さな受箱がついていて、牛乳屋さんだけがこの鍵を持っています。道ばたでも、盗まれるという心配のない方法です。

ワルシャワの牛乳屋さんは夏は四時、冬でも真暗な朝の五時頃に配達してくれます。手押し車のキシキシという音、手伝っているらしい子供の声が夢うつつにきこえて来ると、朝の早いポーランド人の一日の生活のはじまりを感じたものでした。

スパゲッティの正しい調理法

伊丹十三

イタリー人が給仕していないイタリヤン・レストラン、中国人が給仕していない中華料理店、で食事する味気なさは、たとえばイギリス人の給仕で、イギリス料理を食べるのに匹敵すると思うのですが、マドリッドに着いて最大の失望は、まさにこれであった。

イギリス人なんていうのは、そりゃすごいものを食ってるから。バリバリしたポテト・チップスの上に目玉焼き、なんて、そんなものを食べております。おりますが、ロンドンには本当のイタリー料理があった。中華料理も、渋谷あたりの小さい店くらいの味を出していました。何故《なぜ》かというと、これは本国人がやっているからです。

ところが、マドリッドのイタリー料理店で、メニューにスパゲッティ・イタリヤーノなんて出てる。これはいけませんよ。

こういう店のスパゲッティは、概して日本で食べるスパゲッティに似ています。スパゲッティが茹で過ぎてフワフワしてる。色んな具がはいって、トマト・ソースで和《あ》え、フライパンで炒《いた》めて熱いうちに供す、ということなのでしょうか。

これは断じてスパゲッティではないのです。これをスパゲッティだという人は、銀座あたりにあるアメリカ人目当てのスーヴェニア・ショップに行ってもらわねばならぬ。そして絹のキモノ・ドレスとかいうものを買っていただく。そして、それを着てハイ・ヒールで街を歩いてもらおうじゃないか。わたくしはそう思います。

しからば、真のスパゲッティとはどういうものなのか。まず、イタリーのスパゲッティを手に入れる。

次に手持ちの中から最大の鍋《なべ》をえらんでお湯を沸かします。大きな鍋が無ければ、洗面器でもバケツでもよい、水は多いほどよいのです。

沸騰寸前に塩を一つかみいれる。

沸騰したら、スパゲッティを、なるべく長いままでいれる。

茹で加減は、信州そばよりやや堅いくらい。スパゲッティ一本を前歯で嚙《か》んで、スカッと歯ざわりのある感じ。これをイタリー人はアル・デンテと呼ぶ。

さて、スパゲッティが、アル・デンテに茹であがりました。

これを、たとえば大きな笊《ざる》にサッとあける。手早く水を切る。まちがっても水洗いなんかしてはいけない。今、からにした鍋にバターを一塊りいれる。まだ鍋は熱いからバターは溶け始める。そこへ水を切ったスパゲッティを入れる。スパゲッティもまだ熱い。グルグルかきまわすと、バターがまんべんなくゆきわたりますね。

これが、蕎麦《そば》でいえば「もり」。スパゲッティ・アル・ブーロと呼ばれるものです。

つまり、スパゲッティというのは、白くて、熱くて、つるつるして、歯ごたえがあって、ピカピカしたものなのです。

これに、パルミジャーノというチーズをおろして、一人大匙《おおさじ》三杯くらいの気持ちでふりかけて食べるのが一番おいしい。ふりかけるチーズの分量が少ないと、本気になって怒るウェイターなんてのがいるもんね。

この、スパゲッティ・アル・ブーロ、ブーロはバターという意味ですが、これにトマト・ソースをかけたのが、スパゲッティ・ポミドーリ、一名スパゲッティ・ナポリターノという、あれです。

まず、同量のバターとオリーヴ油を小鍋にいれて火にかける。にんにくのミジン切り少々、葱のミジン切り適量を加え、焦《こ》げ始める頃、トマトを、これは好みだけど皮ごと、千切っていれる。あるいはパセリのミジン切りを少々、タバスコを一滴、とかね。あと、どろどろになるまでトロ火で煮れば出来上りです。トマト・ピュレ、トマト・ケチャップなんて死んでも使う気がしなくなるのでした。

このトマト・ソースに貝のむき身を入れ、一瞬煮立てて火からおろす。このソースをかければ、これはスパゲッティ・アレ・ヴォンゴレということになります。

スパゲッティ・アレ・ヴォンゴレには、出来るだけ細い麺《めん》を使用し、チーズはかけないほうがよろしいと考えます。

自然を食す

野外の雑草

牧野富太郎

世人はいつも雑草々々とけなしつけるけれど、雑草だってなかなか馬鹿にならんもんである。すなわちそれが厳然たる植物である以上、種々なる趣を内に備えていて、これを味わえば味わうほど滋味の出てくるものであると同時に、またその自然の妙工に感歎の声を放たねばいられなくなる。世人がいま少し植物に関心を持って注意をそこに向けるならば、その人はどれほど貴い知識と深い趣味とを獲得するのであろうか、ほとんどはかり知られぬほどである。場合によれば美麗な花を開く花草よりもさらに趣味のあるものが少なくない。私どもは植物学をやっているお蔭で、不断にこれを味わうことを実践しているのでその楽しみが最も多い。そしてこの深い楽しみが一生続くのであるから、とても幸福で二六時中絶えて心に寂寞《せきばく》(1)を感じない。ようこそわれは草木好きに生まれたもんだと自分で自分を祝福している。

私はこの楽しみを世人に分かちたい。それは世人がいま少しく草木に気を付けることによって得られるのである。「朝夕に草木を吾れの友とせばこころ淋しき折節もなし」私は幸いにこの境地に立っている。今世人がみなことごとくわれにそむくことがあったとしても、われはわが眼前に淋しからぬ無数の愛人を擁しているので、なんの不平もないのである。いざ二、三の雑草について少しく述べてみましょう。

野外で最も眼につくものはタケニグサである。あの緑色を帯びた大形の草が群をなして立っている有様は、その周りの草の中ですこぶる異彩を放っている。この草は支那にもあって同国では博落廻といっている。

円柱形の中空な茎が高く六、七尺にも成長し、雅味ある分裂をなした天青地白の大葉を着け、梢に大きな花穂《かすい》が立ちて無数の白花が咲き、遠目にもよく分かるが、近づいてその一々の花を点検して見ると、花には二枚の萼片《がくへん》と雌雄蕋《しゆうずい》ばかりで、あえて花弁を見ることがない。つまり無弁花である。花がすむと実の莢《さや》がたくさんでき、これを振ってみるとサラサラと音がするので、それでこの草を一つにササヤキグサと称《とな》えるが、なまってシシャキグサともいわれ、またソソヤキとも呼ばれる。またその音で騒がしいから喧嘩《けんか》グサと名があるのはおもしろい。

この草を傷つけてみると、柑黄色の乳液がにじみ出るのでこれを毒草だと直感し、狼グサと呼び、だれもこれを愛《め》ずることをしない植物である。そして別になんの効用もないようであるが、しかしその汁を皮膚病に塗れば癒《い》えるという人もある。

タケニグサはこの草で竹を煮れば、竹が柔らかくなるとたいていの人が想像しているが、決してそんなことはない。私はこのタケニグサはあるいは竹似グサの意ではないかと考えている。なんとならばその円柱形の茎が中空ですこぶるよく竹に似ているからである。秋の末になってその葉の枯れたときの茎は堅くなって、まるで竹のようであるから地方の子供がそれで笛を作り吹くのである。この事実は同じく支那にもあって、同国でも笛に利用するとのことである。この草の名の博落廻は一種の笛の名である。

この草は一つにチャンパギクと称するが、それはその草の姿がすこぶる特別で衆草と違っている異草と見えるから、それでこれを異国から渡ったものだと思い違いをして、それで占城菊《ちゃんぱぎく》と呼んだものであろう。占城は交趾支那の南方地域の名である。菊とはその分裂葉を菊の葉になぞらえたものだ。

なかなか頭のよい商人があって、春早くその太い根株へ少し芽の吹いたものを町へ持ち出し、大道脇で売っていた。商人はこの草には後に牡丹のような大きな花が咲くとまことしやかに叫んで客足を引くにつとめた。そうするとそれを悪人とはつゆ知らぬ善人が、ボツボツその苗を買って行った。私の知人で植物の知識が相当にありながら不覚にもそれにひっかかり、まもなく葉が出て来てみたらタケニグサだったのでシマッタとは思ってみたが、それは後の祭りで茫然自失するよりほかなかった。

そこここの人家に栽《う》えてある花草に、マツバボタンという美花を開く草があることは、だれでもよく知っているであろう。この草と同じ属のものに、スベリビユと呼ぶ一年草があって、夏秋の間暑い時分に、路傍や庭さきなどに多く見られる。草全体が赤紫色を帯び柔らかで、地について生えているのでだれにでもすぐ分かる植物である。茎はみみずのようで、それに倒卵状楔《くさび》形の厚い葉が付き、葉間に小さい黄花が咲く。実も小さく熟すると蓋《ふた》が取れて細微《さいび》な黒い種子がこぼれる。

この草の支那名は馬歯莧でこれはその葉の形にもとづいた名である。同国では一つにこれを五行菜と称するが、それはその葉が青く花が黄で茎が赤く根が白く種子が黒く、青黄赤白黒の五色をそなえているからだとのことである。またこの草はその性はなはだ強く、これを引き抜き放り出しておいてもなかなか枯れず、掛けておいても容易に死なぬ因業な奴だからまた長命菜の名もある。人間もこれにあやかりかく粘り強くあって欲しく、アニ馬歯莧ニシカザルベケンヤであらねばならぬ。

スベリビユはまたヌメリビユとも称えるが、これは共に滑り莧の意で、その葉も平滑なうえになおこれを揉みつぶしてみるとすこぶる粘滑だから、それでそういうのである。そしてこれをなまって、スベラヒョウだの、ズンベラヒョウだのと呼ぶところがある。

ここに面白いことは、伯耆《ほうき》の国(2)では今もこれをイワイズルといっていることである。幸いに同国にこの名が現存していたため一つの難問題が解決せられたのである。すなわちかの万葉集に、

いりまぢの、おほやがはらの、いはゐづる、ひかばぬるぬる、わになたえそね

の歌があって、このイワイズルが詠み込んである。しかしその植物については古来その的物が分からなかったが、それが後に上の伯耆の方言で分かったというのだから、方言もなかなか馬鹿にならんだいじなものである。

スベリビユの葉の裏を見るとその内部が白く光っている。面白いことには昔の支那の学者がそれを見て、スベリビユの葉の中には水銀があるといい出した。そしてスベリビユの葉十斤から八両ないし十両の水銀が採れると書いている。しかしこれはまるで虚言の皮で、この草の葉には断じて水銀はありはしない。そのこれがあると思ったのは、その葉内にある細胞膜から白く反射している光を水銀と考え違いをしたものであるが、それを数字で示してあるのはウソに

もほどがある。そこで支那のある学者は、それはもとより採るに足らない妄言だとこれを一蹴している。

スベリビユは食用になる草だから大いに採って食ったらよかろう。私も数度これを試食してみたが、決して捨てたもんではない。現に信州などでは昔からこれを食用としていて、生でも食えばまた干しても貯え、冬の食糧にあてている。ゆでて浸しものにして食ってみると粘りがあって、少し酸っぱいように感ずるけれど存外うまいものである。これの一種にタチスベリビユすなわち㹠耳草というのがある。茎が立って葉が大きい。西洋でもこれを栽培して蔬菜《そさい》の一つとしてKitchen-garden Purslane（菜園スベリビユの意）と呼び、煮ても食い、またサラドとして生で食することもある。

野外の路を歩いていると、そこの叢《むら》、ここの叢にたくさん見かけるものは禾本《かほん》科のエノコログサである。草の中から多くの細長い緑茎を抽いて、その頂に円柱形の緑穂をささげている様はすこぶる野趣がある。東京の子供はこの穂をネコジャラシと呼んでいる。それはこれをもって猫をジャラスから、の名であろう。エノコログサはイヌコログサの意で小犬にたとえた名であり、いにしえはエヌノコゴサ（狗子草の意）ととなえていた。支那の名は狗尾草でその花穂を犬の尾に見立てたものである。

このエノコログサの花穂は花が終わるとただちに果穂となり、やはり緑色を呈してたくさんな小さい実からなっている。今その一つ一つの実を採って検してみると、その本当の実すなわち穀粒は緑色の穎《えい》と稃《ふ》とに包まれている。そしてその下に長い鬚毛があるので、それで果穂に多くの毛を見る結果となるのである。

エノコログサと粟とは同属であって、その縁がきわめて近い。ゆえにこの両種の間にはアワともつかずエノコログサともつかぬ間の子がよく生まれ、われらはこれをオオエノコロと呼んでいる。粟の畑を見渡すと往々このオオエノコロがアワにまじって生えていて、それがいつもアワより高く秀でている。

エノコログサの姉妹品に、その果穂が黄色なのがあってキンエノコロと呼ばれている。これもふつうに諸所で見かける。

どこへいってもよく見る草はオオバコである。これはその性が強健なのと繁殖がさかんなのとでいちじるしい宿根草《しゅっこんそう》であるがゆえに、それからそれへと生え拡がり、地面いっぱいになっていることをときどき見かける。これは株から苗が分れるのではなく、みな種子から生えたものである。

このオオバコをところによりカイルバともゲーロッパともとなえる。このカイルバもゲーロツパもともに同じく蛙葉《かえるつば》(3)の意である。なぜこんな名があるかというに、これは子供がよく蛙を半殺しにしておきその上にこの草の葉を被い、花穂で打てば蛙が蘇生するというのである。支那ではこの草を一つに蝦蟇衣とも称するがそれは蛙が好んでその葉の下に隠れ伏しているからいうので、日本の蛙葉とは少々その意味が違っている。

オオバコとは大葉子の意味である。それはその葉が大きいからである。この葉の嫩《わか》いのを摘んで食用にすることができる。またその種子にはいろいろな薬効があるようだが、眼を明らかにするということもその一つである。

またオオバコの花は痩長い穂となりて葉中から抽き、下に花茎があってその上部が花穂となっており、新旧相参差《しんし》(4)として立っている。花は細小で数多く、緑萼四片と四裂せる合弁花冠とよりなり、四つの雄蕋が花上に超出して葯《やく》をささげている。中央に一花柱と一子房《しぼう》とがある。この花は元来雌蕋先熟花で雌蕋が雄蕋よりさきに熟し、早くも白い花柱が花外へ延び出ている。そしてこれが衰えて萎《い》えると、今度は雄蕋があとから出て熟し高く葯をもたげ花粉を散らすのである。その花粉の散るときは自分の花の花柱はすでに萎びているので、自家受精を営むことができないから、止むを得ずその花粉は他の花へ行って、そこの花柱へ付着するのである。花柱には細毛が生えているから花粉を受くるには都合がよい。そしてこの花粉は風に送られて彼岸に達するのである。ゆえにこの花を風媒花《ふうばいか》と称せられ、この草を風媒花植物といわれる。風媒花の植物はいつも花粉に粘気がなくしてそれがサラサラとしている。

花がすむと実ができるが、実は小さく蓋がとれて中の種子があらわれ、風でその果穂がゆすぶられると、その種子が飛び散るのである。そしてその付近の地面へたくさんな小苗が生えて出て来る。

この草の支那の通名は車前であるが、どういうわけでそう呼ぶのだというと、このオオバコは好んで路傍や牛車馬車の往来する轍《わだち》の跡地へ生えるからだとのことである。この種子がいわゆる車前子で、すでに書いたようにこれが薬用になるといわれる。

（一九五六年九十四歳）

註

1 【寂寞】ひっそりとして寂しいさま。2 【伯耆の国】かつて日本の地方行政区分だった令制国の一つ。山陰道に属する。現在の鳥取県西部。3 【蛙葉】オオバコの別名。4 【参差】互いにいりまじるさま。高低長短があってふぞろいなさま。

明日葉

團伊玖磨

八丈島の家に帰って来ると先ず、閉め切っていた家を開けて風を入れ、ガス・レンジに薬缶《やかん》を掛け、東京から着て来たスモッグに汚れた服を脱いで、島で愛用している普段着に着換え、薬缶のお湯が沸く迄の間を、護謨《ゴム》草履を引掛けて、庭に明日葉を摘みに行く。

明日葉は、またの名を八丈草と呼ばれている程この島に多く、昔から島の人達が好んで食べていた美味な草である。別にこの島の特産では無く、房総、三浦、伊豆、紀伊半島の南部、伊豆七島に自生している大形の芹《せり》科の多年草で、三つ葉や独活《うど》のような芹科独特の香気があって、折ると黄色の汁が滲み出るのが特徴である。一見猪独活《ししうど》や浜独活に似るが、食用になるだけに一段と柔らかい。西洋で言うAngelica《アンジエリカ》に最も近い。

この植物は余程この島に性質が合っているらしく、別に植えた訳でも無いのに、庭のあちこちに顔を出して、ぐんぐんと大きくなり、秋に実を付ける頃には、僕の胸程の高さに育ち、幹の太さも腕程になる。三浦半島や房総で見掛けるものは、もっとずっと貧弱で、せいぜいセロリの小さい株位のものが普通である。

庭に出て、この若葉と枝先きの葉を摘む。黄色の汁が出て、芳香が漂う。島に帰って来た、さあさあ、今夜はこれを天麩羅にしようか、煮ようか、おひたしにしようかなどと考える。何時もそう考えては結局おひたしにする。アンジェリカ属独特の芳香が漂うこのおひたしは、八丈の我が家の名物である。

明日葉は伊豆の大島でも大いに食べられていて、あの島の方言ではあしたぼと言う。利《と》島、新島、神津島、三宅島、御蔵《みくら》島では何と言うかは調べてみると面白いと思うが、八丈島ではえいたぼ、やあたぼと言い、大島のあしたぼも含めて、皆明日葉の訛りである。

何故こういう名前が付いたかには二説あって、この葉は幾ら摘んでも、明日の朝になって見ると又昨日の通りに若葉を萌え出しているからと言うのが一つ。もう一つは、昔離島を度々襲った饑饉の際、兎も角この草を食べれば明日迄生き永らえられたためにこの名が付いたという説がそれである。どちらが本当か判らないし、どちらも本当に思えるし、どちらもこじ付けにも思えるし、まあ、物の名前の起源などは、常にこういうものなのかとも思う。

江戸時代に出た「七島日記」という古本を読んでいたら、この植物を鹹草と書いてあしたばと読ませていた。その本にはあしたぐさとも言うと記されていた。「広辞苑」をひいてみると、この珍らしい字が矢張り出ている。

この島での味覚は、矢張り季節的に色々で、早春から暫らくは飛び魚。これは、くさやの干物にもされるが、燻製と、つくねにしておつゆに入れるが、揚げたものが特に美味しいと思う。夏は室鯵。これはくさやの干物が一番である。丸ごと白茹でにして、アンチョビ・ソースを付けて食べるのを好む人も居る。とこぶしも解禁になる。秋は赤はたや尾長鯛、青鯛等が釣れ盛り、赤はたは煮付けと味噌汁の身に、尾長や青鯛は刺身を好む人には刺身に良いらしい。

色々と美味しいものが一年を巡って現われる中で、明日葉だけはシーズンが無い。この強い植物は、冬も青い若葉を次々と出すからである。そこで、八丈に帰って来ると、先ず何よりも先に、庭に出て明日葉の若葉を摘む事が仕来りとなって、この葉の芳香に浸ると、島に帰って来た実感が初めて湧き、さあ仕事だ、書き物だ、作曲だ、と机に向かう気持ちになるのである。

僕にとっては、明日葉のすがすがしい匂いと仕事とは、密接に結び付いたものである。

野のうた

草野心平

野というよりは、むしろ高原に近い話からはじめよう。一挙に野に下ることもあるまい。

声帯をこわしたのを治すためと、ある仕事をしなければならないのと、その二つとで、ある年、蓼科高原に行ったことがある。濃いコバルトに白い雪の縦縞をながして木曽の御嶽が見えた。

散歩の帰りの、ゆるやかな独り道、すずらんやあやめ、小梨の白い盛りあがりは満開をすぎていたがレンゲツツジは方々に朱い炎をあげていた。私はそれらの一つずつを失敬して持ってきた。そして食卓の上において自炊にとりかかろうとした。これは私のいけないところだが、ふと庭におりて、庭といってても林だが、私はそこから唐松と赤松の新芽、羊歯《しだ》や萩や野ぶどうや白樺やツツジの若い葉っぱをちぎってきた。そしてそれらをフライパンでバターいためにしてパンの間にはさんでたべた。それらの味を一々報告するためにはまだまだ時間は浅いが全体にオイルでからあげした方がよさそうである。

白樺の葉っぱはかたすぎたし唐松と赤松の新芽ときたら、ヤニの匂いが口いっぱいに霞のようにひろがるのである。結局やはり味そのものでは、にんにくのバターあげにこすものはなかった。それにつづくのがツツジだった。

ところで流石にあやめとレンゲツツジの花は、フライパンに投げこんでその色を哀れなものにしたくなかった。私はバターとマーマレードを二つのパンにぬって、その間に紫と朱の花びらをちぎってはさんだ。その歯切れの音がなんとも言えず清潔である。二色では少しあくどいので今度はバターにあやめの紫だけにした。耳にはエゾハルゼミ、口には花、目には遥かな雪の縦縞。すずらんはにおいだけで葉も花も魅力がない。葉も松とちがって松より下品なにがさが浮んでくる。花のかたちは可愛いが、色が、これもにんにくと比べると品がない。

独りでいるということは便利なこともあるので、糠漬けに入れようと思って買ってきたにんにくをここでなら大っぴらに食えるだろうとバターで炒めて食べる。それだけでは気が納らないので塩と味噌と醬油とケチャップと四種類漬けてみた。(これは前項でちょっと触れたが)どんなものが出来ることか、半年くらい我慢してそのままにしておけば、相当コクのあるものになるだろう、などと思ってる途端に、ああ酒、酒に漬けるのがおそらくは一番いいはずなのにと思い当った。当ったけれども酒が一滴もなかった。酒とにんにくが出たところで、野にくだろう。

わさび

わさびの根を薄く切り（別にわさびをおろしてわさび醬油を作って）その薄切りのわさび「刺身」をわさび醬油をつけてたべる。薄く切ったのはちっとも辛さがない。さっぱりして、あくどいものを食ったあとはよろしい。

葉っぱのほうは、三センチくらいに切って、おひたしにし、二杯酢あるいは三杯酢、あるいは醬油、好みによって、どれをやってもいい。

野生のわさびでもいいが、ただこの場合は根が小さくて葉っぱのほうが大きいから、葉っぱを大いに利用すること。また根の薄切りと生の葉っぱの一センチ切りを一緒に、コップに入れて醬油漬けにする。

これはむしろ一、二時間の即席ものとして利用する。鰹節を削ったのをわさびのおろしたのとまぜて、それにウイスキーを一滴おとす。ウイスキーとわさびは異質のようだけれど、一種変った味が出て、これもちょっとイケる。

のびる

生ののびるに味噌をつけるのはいちばん原始的なたべ方だが、のびるの球と茎と一緒にして油でいためる。味つけは味噌と砂糖。

これは強火でいためるので、茎のほうはすぐ焦げつきやすいから、球を先にいため、適度にいたまったところに葉っぱを入れる。そうすると緑があざやかでいい。

私のうちの近くにはまだのびるが田圃の畔にたくさん出るので、それを一年じゅう食うために、ウチでは、のびるを畑に移植している。

蕗のとう

蕗のとうはゆでて酢味噌をつけるのもいいが、生のまますり鉢にいれてすりこぎですり、それを味噌と味醂、砂糖で和える。

また水でよく洗い、外側の葉をとって、ふきんでよく拭き、サラダオイルでカラッと揚げたのを生醤油でたべる。この際むしろ、おつゆなどを使わずに、生醤油をちょっぴりつけてたべるのがよい。またはゆでたものを、擂鉢ですった甘辛の豆腐と和える。

化けもののような秋田蕗は番外として、普通野生の蕗は細身である。

茎はウスクチと砂糖で薄味に煮、葉っぱは適当にきざんで、生醤油で煮る。煮上る一寸前におかかを思いきりふんだんに入れてかきまぜる。

つくし

普通はよく土筆《つくし》は頭をとってやるけれどもウチではとらずに、袴だけとって、おひたしにして二杯酢でたべる。

またサラッと油で揚げるのもいいし、佃煮にして長持ちさせるのもいい。

田芹

田芹はゆでて胡麻和えは普通だが、結局ウチではこの普通なのをいちばん好んでやっている。野生のは八百屋に売っているものなどより背が低くて、においが強く、あくも強いが、あのほうが好きだ。田圃で下ごしらえするほうがあとの面倒がない。

水芹は軽い簡単な圧しで塩漬にして、三センチぐらいに切ったのを揃えて皿に盛ると、きれいだし、芹の香気と味がさっぱりしていい。

ほうき草

ほうき草の葉はこまかくて面倒だけれども、年寄のいるうちなんかはリクリエーション代りに小さいのをちぎってもらっておひたしにするといい。味はほうれん草よりはずっと高級だ。ほうき草の実は、簡単にゆでて水洗いし、仮りに一握りの実の分量だとすれば、それに二センチぐらいの厚さの大根の味噌漬をみじんに切ったのをまぶす。また別に二杯酢にしてもよろしい。

これを客に出すときには、もし、この材料が当ったら二千円出すと、何回も試したけれどもまだ当った人は一人もいない。たいがいは魚の卵かなにかと思ってしまう。キャビアの歯ごたえのプスッという感じに人はみんな迷わされてしまう。味は珍味の部類に属するだろう。

ぎんなん

ぎんなんは殻ごとフライパンでいるが、殻がとばないように、線に沿ってコンとやってすこし隙間を作っておいてからいる。そして皮をとり去り、それに酒で溶いた粒うにをからめる。いりすぎると黄色くなるから緑色になったときのほうがいい。

殻のままいったぎんなんを、殻をとり、軽くつぶし、水と酒と醬油、味醂を適度にまぜたものの中に一晩漬けておく。

オクラ

近くの百姓家へ地卵を買いに行ったら、その家の裏手のひん曲ったバケツの中にオクラが一本生えていた。珍しいので「オクラがありますね」というと、婦人会から種を分けてくれたのだという。名前も知らない、私はたべ方も知らない、持って行ってたべてくれといわれた。そこで簡単なたべ方を教えて、酒の肴にいいですよといってきたが……。

ウチではさっとゆでて、おろし金でおろしてとろろにする。それを二杯酢でたべる。

いちばん簡単なのは、さっとゆでて輪切りにして、醬油か二杯酢でたべる。オクラは近ごろいくらでも売っている、安いものだ。この花は薄い黄色で、形はベニアオイの花に似ている。観賞用にしたって悪くない。

かぶ

形のいいかぶをきれいに洗って、頭のところを縦横にこまかく庖丁で筋を入れて酢漬けにする。皿に盛るとき、なんばん（赤唐がらし）をこまかく切って上にのせる。

あけび

片山廣子

隣家の庭に初めてあけびが生つたからと沢山わけていただいた。私といつしよに暮してゐる山形生れのHは、かねてからあけびは実《み》よりも皮の方がおいしい、皮を四五日かげぼしにしてから細かくきざんで油でいためたのを醬油でゆつくり煮しめて食べるのだといふことをしきりに言つてゐたから、すぐにその料理を作つてもらつた。じつに珍味であつた。ほろにがく、甘く、やはらかく、たべてゐるうちに山や渓《たに》の空気を感じた。

茘枝《れいし》をいためて煮つけたのも甘くほろにがく、やはらかく、そしてもつとふくざつな味で、多少中国料理の感じでもあつた。あの赤黄いろい、ぎざぎざした形からわが国の物らしくは見えず南国の産らしい。母はとてもその茘枝《れいし》の料理が好きであつた。私が大森に住むやうになつてからも時々こしらへたけれど、家の人たちがにがい物を好まないやうで、私ひとりが食べた。この何年にも、どこの垣根にも茘枝《れいし》の生つてゐるのを見たことがない。今、あけびの油いためを食べてみると、昔の夏の茘枝《れいし》を思ひ出す。

蕗のとうもやはりほろにがい、にがみをいへば、これが一ばんにがい。蕗のとうだけは油でいためない、すこし砂糖を入れて佃煮よりはややうす味に煮つける、無類に雅な味はひである。わかい時分に蕗のとうの好ききらひをみんなで話しあつたとき「根性の悪い人が蕗のとうを好きなんでせう」と或る江戸つ子の友達が言つた。「それでも、私みたいに善良な人間でも、蕗のとうが好きよ」と言ふと「それは例外よ」彼女は事もなく言つたけれど、しかし考へてみると、根性は悪くはないのだが、私はずゐぶん気むづかしい人間だから彼女の言葉が本当なのかもしれない。ずつと以前、池上の山ちかくに尼寺があつて、その庭が蕗で一ぱいで、春は蕗のとうが白々と見えてゐた。散歩しながら垣根の中をのぞいて、きつと、ここの尼さんたちは毎日蕗や蕗のとうを食べるのだらうと思つたりした。もう何年かあの辺を歩かない。あの尼寺はあつても、庭はあつても、蕗が生へてゐないかもしれない。

うこぎの新芽もおいしさうである。うこぎ（五加木）は灌木で、生垣なぞにも使はれてゐるといふ。たぶん武蔵野も北寄りのこの辺はさういふ山の木があるに違ひないけれど、私はまだ見てゐない。むろん食べたこともないが、夏山のうつくしい香りがしてほんのりにがいもので、胡麻あへにするとおいしいさうである。うこぎのやうににがみはないが、くこの葉も好いにほひがして、まぜ御飯にするとおいしい。これは醬油でなく塩味だと白と青の色がきれいに見える。むかし私が生れて育つた麻布の家の北向きの崖には垣根といふほどでなく、くこの灌木がいつぱい繁つてゐて、夕御飯のためにみんなで摘んだのを今も愉しくおもひ出す。赤い実がきれいであつたが、どんな味がしたか覚えてゐない。

山うども清々しい苦味があつて山の香りが強い。おいしい煮物であり、和へものでもあるが、畑のものは山うどのやうに細かな濃厚な味がない。朝の食事にパンをたべる人がうどを皮をむいてタテに割つて生のまま塩をつけて食べる時ほんとうに春の味がするといふ。うどに生椎茸とむつの子のうま煮を白い白い御飯と食べたのは春や昔のことである。

山の草や野菜ではないけれど、毎日いただくお茶は香りとにがみを頂くのである。おうすにしろお濃い茶にしろ、あの甘いにほひとにがみがなかつたら、茶道なんてものはないのだらう。ほうじ茶やばん茶、これは香ばしいだけでにがみがない、ずゐぶん間がぬけてゐるやうでも、それはそれで、温かい香ばしい飲物である。コーヒーのやうな強烈な香りの飲物を毎日いただく余裕のない時や胃の弱いときに、コーヒーの身がはりにほうじ茶を濃く熱く煮出して飲むと、ほんの少しだけ咽のどこかの感じがたのしくされる。たいそうほうじ茶とばん茶の悪口をいふやうだけれど、出からしのおせん茶のなまぬるいのを飲むよりどんなにおいしいか分らない。これはやはり贅沢《ぜいたく》な関東人の智慧が考へ出したものに違ひない。地方の質素な古風な家庭で育つた人なぞはお客さんの咽の感じなぞを考へることは教へられてゐないで、その生ぬるい薄いおせん茶を何度でも何度でも注いで出す。お茶を出すといふことが昔から日本人のホスピタリティであつて、奥さんみづからが立派な古めいたきうすに銀びんのお湯を注いで替へてくれるお茶は大へんなホスピタリティにちがひない。おせん茶の法式がどんなものか知らないが、出からしはたしかに本当の式ではないだらう。世の中すべてアプレになつてこの頃はそんな念入りな接待法がなくなつたことは嬉しい。こんなぐちを長く言つてしまつたのは、たぶん私の苦い思ひ出の一つなのだらう。

あるアメリカ夫人が私たちお弟子をランチに招んだ時、ざぼんをガラス皿にほごして白砂糖と葡萄酒をかけて、前菜の代りに出された。甘くにがい味、葡萄酒と木の実の強い香りがさやかに食卓に流れてゐた。何時のことであつたらうか、ほのぼのと思ひ出す。

【編集部注】 本書では、底本の旧漢字を新漢字に換えて表記しました。

嫁菜

佐多稲子

いつか徳田秋声氏の食膳に嫁菜のおひたしがつけてあった。徳田さんがお好きなので、八百屋から取ったと、お家の人が説明していられた。嫁菜のおひたしは、如何にも徳田さんにふさわしくて覚えている。

私などのようにがちゃがちゃ暮しているものの家では、嫁菜はせめて御飯にまぜるぐらいである。白い御飯の中に、さっと茹でたまっ青な嫁菜のまじっているのは美しい。あの香りと、軽い塩あんばいのついた嫁菜飯、それはせめて短かい春の間に、一度は味わいたいと思うほどのものである。

女友達四、五人と子供連れで、郊外の川べりへお花見をした帰りに、嫁菜を摘んで帰った。そんな時の心の満ち足りた思いというものは、それが母親ならば一層深い。少ししびれるような足の疲れと、汗ばんだ顔のほこりを落としに子供たちを風呂へやって、その間に炊く嫁菜飯は、その日の楽しみを、もいちど色あげをするような趣きがある。

嫁菜をきざんでいると、野の匂いがただよう。春の行楽の一日、細い田圃路は都会からきた人たちがひとりずつ並ぶようにして、と切れ勝ちながら続いて歩いていた。私たちは田圃の縁で嫁菜を見つけるとしゃがんで摘んだ。午後の陽の光りはだるく、いっぱいに照っている。川べりへ向って歩く人たちは、もう山の花の下でひと遊びしてきたので、やや疲れている。小さい子どもたちの足は、大人に調子づけられて、その度に思い直して勢いづいている。春の日の疲れは妙に心の中に沈む。

そうして歩いているうちに私は、三人の小さい子供を連れた母親と道連れになった。あんまり大変なので私はつい言葉をかけたのである。一人は、負ぶい子で、母の背中で眠っている。その上に四、五歳の女の子がくたびれて眠ってしまい、それをも前に抱いている。一番兄さんの六、七歳の男の子も今は疲労で興ざめて、母親に喰っついて歩いている。小柄な瘦せた母親の身体は三方からぶらさがられその上に重い荷を下げてやっと歩いている。

春の行楽などというものは、連れでもなかったら、もの憂いものだと思う。まして足手まといばかり引連れての、貧しい母のお花見など。道づれになっての話には、その母親は酒屋のおかみさんだということであった。

「何しろ人手がありませんのでお父さんが御用聞きに出てしまいますと、私が家を空けるわけにはゆかないんですよ。それでもね、子どもたちがお花見お花見っとせがむものですから、お父さんが行って来い、ってね、今日は御用聞きを朝の内だけにして私に代ってお店にいて呉れるもんですから、出て来たんですけど、こんなに眠ってしまって」

語りながら酒屋のおかみさんはしおれた顔になっていた。

きっと、小さな横町の角にでもある酒屋さんなのであろう。小僧ひとりいないらしい話で、おかみさんは小商人のせち辛さまで語るのであった。横町の角の酒屋では父親が子どもの楽しい一日を想像して、せめて満足しているにちがいない。

風味豊かな嫁菜飯の味わいにはややそぐわない話である。ただアスファルトの上で遊ぶ子どもたちに野遊びの楽しさを残したいと思って嫁菜飯を炊く私の心が、たまたま道連れになった小さな酒屋のおかみさんの三方からとりすがられた姿に通うだけなのである。

今年はまだ嫁菜飯は炊いていない。うちでも今は胚芽米なので、嫁菜飯の色彩の美しさは大分そがれることと思っている。

シールオイル

星野道夫

昼めし時になり、ボートのエンジンを止め、早春のベーリング海を漂い始めた。風は冷たいが、陽の光はもう暖かだ。ケワタガモが群れをなし、まっすぐ北へ向かって飛んでゆく。渡り鳥が、春のアラスカ北極圏に営巣をしにやってくる頃なのだ。

海岸エスキモーにとって、今はアザラシ漁の季節。流氷の中を、僕とエスキモーのエノックは朝からアザラシを探し回っていた。

ドライシール（アザラシの干し肉）、凍ったカリブーの生肉、ホワイトフィッシュ（極北の川で獲れる白身の魚）――ぼくたちの昼めしである。エノックはシールオイルの入ったびんを開け、何を食べるにつけそれにひたしていた。強烈なにおいが鼻をつく。シールオイルとは、アザラシの脂肪を溶かした液状のオイルである。

作り方はまず、棒状に切った脂肪を重ねるようにしてたるに入れ、ふたをする。アザラシの中をくりぬいて、袋状にしたものに詰めることも多い。あとは暖かい場所に置いとけば、脂肪は自然に溶けてくる。村によっては少し発酵させて味をつけるらしい。

僕も、アザラシの干し肉をシールオイルにつけて食べ始めた。昔、初めて口にした時、においがとてもきつく往生した。でも今はもう慣れている。こういう場所では本当に身体を暖めてくれる。

シールオイルをつけて食べる僕に、エノックは何を言うわけでもないが、何となく空気が和む。以前にも同じ経験をしたことがある。その時は四、五人のエスキモーの中にいた。やはり誰が何を言うわけでもない。しかし彼らは何となく見ているような気がした。僕がシールオイルに手を出したかどうかを。

どの民族にも、どうしてもそこに帰ってゆく味がある。その味は異邦人に対してどこか恥ずかしく、それでいて誇りたく、何かデリケートなものかもしれない。

人間が食べるものは結局うまいものなのである。ただそれが、慣れるのに時間がかかるものがあるという程度の差にすぎないような気がする。

小さなことだけど、食文化を共有することは、相手と向き合うことだ。

生活の西欧化の中で、かつて海洋動物から作られたさまざまなものが消えつつある。服、道具、ボートの革、ロープ、そして食用としての肉さえも新しい食べ物にとってかわられようとしている。

けれども、それが食生活から消えてゆくことにより、民族のアイデンティティを失ってゆくような食べ物がある。シールオイルは、消えゆく言語と同じくらい彼らの文化の中で強い位置を占めているのだ。そして今、食卓にシールオイルを見ないエスキモーの世代が確実に増えつつある。

腹を満たした僕たちは、再び早春の流氷群の中へアザラシの姿を追った。

一月の章

水上勉

九つから禅宗寺院の庫裡《くり》でくらして、何を得したかと問われれば、先《ま》ず精進料理をおぼえたことだろう。禅宗は小僧を養育するのに、むずかしいことはつべこべいわずに日常の些細《ささい》のなかへむずかしいことを溶かして教えるところがある。たとえば、何かを洗ったあとのわずかな水でも、横着に庭へ捨てたとする。見ていた和尚《おしよう》や兄弟子は一喝する。馬鹿野郎、粗末なことをするもんじゃない、と。物を洗ったあとのきたない水だから、もったいないもあったものではない。なぜ叱られたかわからぬ。するとつづいてこんな言葉がかえってくる。一滴の水でも、草や木が待っておる。なぜ、考えもなしに、無駄に捨てるのか。どうせ捨てるなら、庭へ出て、これと思う木の根へかけてやれ。いわれて道理と思うが、ここで和尚や兄弟子にいくらかの学があれば、「むかし、滴水という和尚が、一杓《しやく》の水を庭へ捨てた瞬間に、水を大切にすることを、師匠から教えられて、はらりと悟られた」などと、先師の行実《ぎょうじつ》を教えられる。

何もかもがこんな調子だ。湯のわかし方、火の焚《た》き方、雑巾のつかい方、箒《ほうき》のつかい方、茶の入れ方、呑み方、粥《かゆ》の炊き方、飯の炊き方。朝夕、誰もがやることをやっていて、自分では気づかぬことを知らずにおればすぐ、苦情が飛んできて、その都度、祖師たちが少年時代にささいなことから何を悟ったかを教えられるのである。

九つで入寺したぼくはまだ年かさのいった方で、早い子は五、六歳で入寺していた。そんな子は五つ六つから、血縁のない和尚を父として育てられるから、何かとささいなことにしても、まちがったやり方なら直されて育つのである。これは、師匠も小僧時代にそうされてきたので小僧にそうするのである。ありがたいことだ、実父母の気のつかぬことがいっぱいあって、これは、当人の子供に、辛いことのようにも思えようが、あとで考えるとありがたさにつきる。ぼくの精進料理もそのおかげである。

幸いなことに、ぼくは十六歳から十八歳まで、等持院で、東福寺管長だった尾関本孝老師の隠侍《いんじ》をやった。隠侍というのは、老師さまの女房役のような仕事をうけもつ。本孝老師は、当時六十六、七だったろう。東福寺管長時代に事情あって、本山を出奔され、遁世《とんせい》管長として名を馳《は》せ、四国八十八ヵ所を巡錫《じゅんしゃく》中に身を発見されて、等持院に晋山《しんざん》された。のち、奈良の慈光院にうつって遷化《せんげ》されたが、わずかな等持院住職時代、ぼくが隠侍をつとめた二年は、たいそう元気で、僧堂と師家時代の生活をそのまま、隠寮ですごされた。ぼくは雲水ではなく、まだ中学生だった。学校から帰ると、いそいで、隠寮へ行って、老師の食事、洗濯、掃除などやったのだが、この時の食事、つまり典座《てんぞ》を兼ねたことが、今日精進料理がまがりなりにも自分でやれて、それが本孝老師ふうの味を好む人には、よろこばれることになっている。

本孝老師は、酒呑みだった。文筆家でもあった。当時中外日報に四国巡礼の紀行文も連載されていた。また墨蹟《ぼくせき》も、しょっちゅうだった。新聞記者もきたし信徒もきた。画描きさんや、相場師もきた。隠寮はそれで来客のない日はなく、夕刻になると必ず酒だった。そうして、その献立は、老師から直接ぼくに注文があって、ぼくは台所へ走って、つくるのである。

等持院は当時たいへんな貧乏寺だった。足利尊氏の菩提寺《ぼだいじ》だし、室町期の宝物もあったが、戦争中のこととて、国賊の菩提寺などへ、観光にくる人はひとりもなかった。世の中は正成《まさしげ》びいきで、国家も、尊氏のことを逆臣といっていた。そんな将軍の墓を守りする寺だから、台所へ走っても、材料が豊富にあるわけがない。だが、隠侍は、材料のない中から、惣菜《そうざい》をつくるのである。つくるというよりは、絞りだすといった方があたっていた。これが老師の教えた調理法の根のように思う。

老師はひまがあると畑へ出られた。草取り、肥えもち、一日に一時間ぐらいは必ずやる。畑には、たいがいのものが植わっている。京都だから、水菜も、茄子《なす》も、三度豆も、浜ちしゃもある。もっとも、これらは、それぞれの季節にめぐりあっているので、しょっちゅうあるわけではない。そこで、冬など、畑が雪の下の時は困る。菰《こも》をかぶせてある畝《うね》から、ほうれん草、かぶら、真冬は小芋、じねんじょう、くわい、ゆり根ぐらいか。そんなものもとりにゆけない時は、乾物籠をあけて、椎茸《しいたけ》だの、干大根だの、ひじきだのをさがすのである。自転車で間にあわせに走っても、買えるものは豆腐か油揚げぐらいだった。台所費がかさむからだ。ぜいたくなものを買えば、兄弟子にこっぴどく叱られる。

何もない台所から絞り出すことが精進だといったが、これは、つまり、いまのように、店頭へゆけば、何もかもが揃《そろ》う時代とちがって、畑と相談してからきめられるものだった。ぼくが、精進料理とは、土を喰うものだと思ったのは、そのせいである。旬《しゅん》を喰うこととはつまり土を喰うことだろう。土にいま出ている菜だということで精進は生々してくる。台所が、典座職（禅寺での賄役の呼称）なる人によって土とむすびついていなければならぬ、とするのが、本孝老師の教えた料理の根本理念である。もっとも老師は、そんなことをそんなふうにいったわけではない。

「承弁や。また、お客さんが来やはった。こんな寒い日は、畑に相談してもみんな寝てるやもしれんが、二、三種類考えてみてくれ」

承弁というのはぼくの僧名だった。酒の方が第一だから、先ず、燗《かん》をした徳利を盆に、昆布《こんぶ》の揚げたのをつまみにのせて出しておいてから、台所で考える。

くわいを焼くのは、この頃からのぼくのレパートリーだった。のちに、還俗《げんぞく》して、八百屋の店頭に、くわいが山もりされ、都会人には敬遠されるとみえ、ひからびているのを見ると涙が出たが、一般には煮ころがしか、あるいは炊きあわせにしかされないこれを、ぼくは、よく洗って、七輪にもち焼き網をおいて焼いたのだった。まるごと焼くのだ。ついさっきまで土の中にいたから、ぷーんとくわい独得のにがみのある匂いが、ぷしゅっと筋が入った亀裂から、湯気とともにただようまで、気ながに焼くのだ。この場合、あんまり、ころころところがしたりしてはならない。焼くのだから、じっくりと焼かねばならぬ、あぶるのではない。もちろん、皮なんぞはむいてない。したがって焼けたところは狐いろにこげてきて、しだいに黒色化してくる。この頃あいを見て、ころがす。すると、焼けた皮がこんがりと、ある部分は青みがかった黄いろい肉肌を出し、栗のように見える。ぼくは、この焼きあがったくわいを大きな場合は、包丁で二つに切って皿にのせて出した。小さな場合はまるごと二つ。わきに塩を手もりしておく。

これは酒呑みの老師の大好物となった。

ここで気づくのだが、いまのテレビ番組の料理など、めったに見ないものの、時に目に入って驚くことだが、くわいなども皮は包丁でむかれる。しかも、そのむき方は、子供の綿入れ羽織、着ものまるごとはぎとるみたいで、身はほんの小さなものになる。これが上品らしい。もちろん、炊きあわせ用なのだろうが、見た目は芋だか何だかわかりゃしない。しかも、くわいでもっとも、にがみもあって、甘味のある皮にちかいあたりが捨てられるとあっては、もったいないのだ。また、くわいの皮ほどうすいものはないのである。

小芋の皮むきなどもこれに似ている。あの独得のすがたをした小芋は、よくたわしで土をそぎおとしただけで、茶褐色のタテジワのよった皮をもっている。ぼくらはこの皮が、多少はのこるぐらいのところでやめる、独得の方法でむいたものだ。すなわち、三斗樽《だる》ぐらいの大きさの容器に土ついたままのを入れ、水をいっぱいにし、棒の先に、横板を適当の長さに打ちつけたのをつっこんで、樽のへりに両足をのせて跨《また》ぎ、棒をぐるぐるまわすのだ。芋は横板にさからわれて、互いに肌すりあわせることになる。二十分もやっていると皮は水面にういて、芋は美しい肌をまるく輝かせはじめる。これを保存しておいて、つかうのである。この上包丁で皮などはむかぬ。ところが、テレビ番組の板前さんは、包丁を器用につかい、小梅ぐらいの大きさにまでむき、厚い身を捨てて平然としている。これでは芋が泣く。というよりは、つい先ほどまで、雪の下の畝の穴にいたのだ。冬じゅう芋をあたためて、香りを育てていた土が泣くだろう。香り、そう、味といってもいい。土にうめておけば、ビニール包みに入れておくよりは、いい香りはのこるものなのである。

米《べい》を淘《え》り菜等を調ふるに、自ら手づから親しく見、精勤誠心《しょうごんじょうしん》にして作《な》せ。一念も疎怠《そたい》緩慢にして、一事をば管看《かんかん》し、一事をば管看せざるべからず。功徳海中一滴も也《ま》た譲ること莫《なか》れ、善根山上一塵《じん》も亦《また》積むべき歟《か》。

道元禅師の「典座教訓《てんぞきょうくん》」に出てくる文章である。臨済禅でも、「百丈清規」といって、百丈禅師のつくられた日常茶飯の規矩《きく》を教えられたから、似たようなものだった。芋の皮一ときれだって無駄にすることは、仏弟子として落第なのだ。

米を洗ったり、菜などをととのえたりする時、典座は直接、自分の手でやらねばならぬ。その材料を親しく見つめ、こまかいところまでゆきとどいた心であつかわねばならぬ。一瞬とてなまけてはいけない。一つは見ていたが一つは見のがしていたということがあってはならない。功徳を積むことにかけては大海の一滴ともいうべき小さなことでも、人まかせにしてはいけない。善根を積むことも、高い山の一個のチリほどのようなことでもなおざりにしないことだ。大海も滴の集まり、高い山も塵《ちり》のあつまりではないか。

こんなふうな台所での、修行をつづけたと思ってもらえばいい。ぼくが、今日も、越冬三年目をむかえる軽井沢の山荘で、自分で、野菜を煮炊きまたは焼く時の処理は、つまり、一般人からみたら、妙にケチケチしている。考えようでは、洗い水も惜しむふうにも思え、皮つき芋などきたならしくみえるかもしれぬが、くわいが焼きあがっても、皮がいくらか、半めくれになってのこり、小芋の炊きあわせに、皮がいくらかのこっていて、じつはこれはごく自然ではないか。この世に皮のない芋もくわいもありはしない。あれば、化物だろう。味がわるければ降参だが、材料自体の甘味で勝負しているのだから、あとは土の力にゆだねるしかないだろう。それだけに台所のよこにある、わずか、三畝ばかりの畑は典座にとっては生命線といえる。木の葉を掃けばためておき、灰のあまりがあればためておき、雨あがりをよってそれらを畝のよこにしずませて、土を肥えさせる。これが直接、食膳とつながっているのである。

ここで、典座といったが、ぼくは隠侍の分際で、その台所へ出入りしたのだから、僧堂ではあり得ないことであった。等持院は僧堂ではない。やがて僧堂に入らねばならぬ小僧が大勢いたのだった。兄弟子たちはよく、僧堂から帰ってきて、僧堂の規矩をぼくらに教えた。それで、老師のお守り役であるぼくは、隠侍でありながら、典座のしごともやったのだ。これが後年になって、ぼくに精進料理をつくらせる力をあたえている。もっとも、ぼくに、自慢の出来る料理などありはせぬが、ただ畑と共にいて、旬を喰うぐらいの才覚があるといえばすむだろう。それ以外のことは何も出来ない。

こんど、ぼくが、この文章に「土を喰《くら》う日々」と題したのも、じつはぼくの精進料理、つまり、本孝老師からならった料理法が、土を喰う日々であったからである。ぼくのいる軽井沢は日本でも高原地帯であって、野菜の越冬も品種がかぎられている。また、畑のものも、高原独得のものとなるが、しかし、四月から十月まではなかなかに、豊富であって、いろいろ、よそにないものも出来る。それで、約一年、月に二、三ど、お手伝いに休みをくれ、少年の日に立ちもどる思いもあって、自分でやった料理をここに紹介することにしたのである。

自慢にならぬが、点数をかせぐために、京都から送られてきた水菜を油揚げと炊いてみたりしたこともある。こんなもの、どこの店にだってある、「おふくろの味」とかいうものだろうが、しかし、ぼくの炊き方はちがうので、客たちは、材料の甘味をひきだして、あまりごたごた味つけせぬぼくの流儀に、案外鮮味を嗅《か》ぐとみえて、舌つづみを打っている。ご馳走されて、ほめられぬではおかしいが、しかし、皿がいちばん早く空いてしまうのは、うまかった証拠だろう。いくら、ほめられても、ぼくの方はぜったいといっていいくらいお代りはしない。これも禅宗方式である。うまいものは大事に喰ってほしい。それで少なめに盛りつけてある。

だが、何のかんのといったって、味つけはその人のやり方でやるのだ。たとえば、味醂《みりん》はつかっても、なまなかのことでは酒はつかわない。もったいないからである。本孝老師は酒好きだったから、料理の味つけにつかったりすると叱られた。それがいまもぼくにのこっている。もっとも、酒は老師の管理されているところで、小僧らの自由のきかぬ隠寮の仏壇の下に入っていたが。ぼくが主人である今日の軽井沢でも料理に酒はあまりつかわない。ケチなのではない。そういう躾《しつけ》をうけてきたからだ。

一月の軽井沢は、朝夕の凍《い》てる時は零下十五度という寒気である。したがって、土もねむり樹も草もねむっている。ねむっているというよりは、死んでいるといってもいいだろう。庭の隅に、黄蓮《おうれん》、蕗《ふき》、みつばなど生えるままにしているが、そのあたりへ行っても、もちろん、そんな青い菜のすがたはなく、畑も、ねぎ、大根の葉も枯れちぢみ、ほうれん草も、霜柱のなかにあってくたびれている。雪が多ければ、その雪をかきわければ、青菜は水々しく生きているものだが、そういう地方とちがって、軽井沢では、万物枯死の世界なのである。だから、それでは何を喰うか。

ぼくは、秋末から、この冬のために貯えてある野菜どもと相談するのだ。小芋、馬鈴薯《ばれいしょ》、ねぎ、すべて、地下のコンクリートのせまい所だが、食糧貯蔵所に入れてある。そこへいって、一つずつ撫《な》でるようにとり出して、汁の実にしたり、煮ころがしにしたりしている。もちろん、乾物もつかう。湯葉、椎茸、わかめ、ひじき、千切り（干大根）、昆布の類で、これらを野菜にまぶしている。

真冬の貯蔵庫から、芋一つ撫でさすりながらとり出す気持をわかってほしい。外は零下の酷寒だ。風がぴゅうぴゅう吹いて、ストーブの煙も、凍て空にはじけて、一分と出ておれない寒さなのだ。そんな時、手にした芋のありがたさ。早く陽の照る春がこぬものか。畑をうらめしげに眺めやって、ぼくは、芋の皮を、ていねいに包丁でケシケシとこするようにしてむいている。「善根山上一塵も亦積むべき歟」とつぶやきながら。

それが正月から二月にいたる、ぼくの日常だが、旬を喰う日々の楽しみはまだやってこない。

記憶と味覚

梅酒

茨木のり子

梅酒を漬けるとき
いつも光太郎の詩をおもいだした
智恵子が漬けた梅酒を
ひとり残った光太郎がしみじみと味わう詩
そんなことになったらどうしよう
あなたがそんなことになったら……
ふとよぎる想念をあわててふりはらいつつ
毎年漬けてきた青い梅

後に残るあなたのことばかり案じてきた私が
先に行くとばかり思ってきた私が
ぽつんと一人残されてしまい
梅酒はもう見るのも厭で
台所の隅にほったらかし
梅酒は深沈と醸《かも》されてとろりと凝った琥珀いろ

八月二十八日
今日はあなたの誕生日
ゲーテと同じなんだと威張っていた日
おもいたって今宵はじめて口に含む
一九七四年製の古い梅酒
十年間の哀しみの濃さ
グラスにふれて氷片のみがチリリンと鳴る

りゅうきゅうとコンニャク

尾辻克彦

いまの子供たちは「佃煮」なんてほとんど食べないだろうな。ツクダニと読む。むかしはご飯のおかずによく出てきた。いちばん安易なおかずなのだ。もうお金がなくて物もなくてどうしようもないとき、最低限のおかずが佃煮となる、ということがよくあった。想い出すとうんざりとする。

いや愚痴はよそう。冥土のお母さん、すみません。悪くは書きませんから。

大分に住んでいたのであるが、大分では薩摩揚のことを天ぷらという。薩摩揚とはおでんの中に入れる、あのおでんのタネである。あの薩摩揚をおでんなどに入れずに、そのままお醤油をかけておかずにして食べるのである。いやそのままではなくて、いちおう煮たり焼いたりぐらいはしたかもしれない。いや「いちおう」なんてつけ足したりして、ごめんなさいお母さん。

あのころは大変でしたよね。金はないし物はないし、せっぱ詰まったご飯のおかずは、佃煮か天ぷらぐらいしかなかったですよね。

まあそれはいいが、薩摩揚のことを何故天ぷらと言うのだろうか。ちゃんとした黄色い揚げた天ぷらのこともまた天ぷらと言うのである。だけどあの天ぷらはご馳走であるからそうは食べられない。だからふつう天ぷらと言えば薩摩揚のことになるわけで、これは大分だけでなく福岡県とかその辺りも同じようだ。

それからタラコというのがあるが、あれはメンタイと言っていた。タラコと言うと標準語というか、正しい学術用語といった感じで、ふつうは「メンタイ、メンタイ」と言って、ご馳走とはちょっと違うが、ふだんはあまり食べさせてもらえなかった。だからいまでも「メンタイ」と言うと、銀シャリという白米のご飯とセットで想い出されて、うまそうでうまそうでたまらない。悶える。

最近はタラコを朝鮮風に辛くしたのが「辛子メンタイ」といって流行《はや》っているが、あれとはまた違うのである。まあ語源としては同じだろう。

それから最近は銀シャリというのがなくなった、とつくづく思う。物としての銀シャリは白米を炊けばいいのだけど、いま白米でご飯を炊いたって銀シャリとはいえない。ただのふつうの白いご飯だ。その証拠にみなさん、それほどおいしくもないでしょう。

むかしの銀シャリというのは猛烈にうまかった。何故かというと、ふだんは麦飯とか雑炊ばかり食べているのだ。これは仕方なくそうなっているのである。しかしそうやって期待を高めておいて、それが高まりきったときに、月に一回とか二ヵ月に一回ぐらい、真っ白い艶々した銀シャリを食べるときがくる。もうその銀シャリはうまくてうまくて、死んでもいいと思うくらいの物凄い満足感だった。むかしはやはり桁違いのグルメをしていたとつくづく思う。いまはそんな一ヵ月間麦飯食べたり二ヵ月間雑炊食べたりという用意を何もしないで、ただ漫然といつも白いご飯を食べているだけである。だから満足感なんて希薄なもので、とてもグルメといったものではないのである。満足というのは相対的なものであるのだから、いまは白いご飯はたくさんあっても「銀シャリ」という輝きは味わうことができない。むかしは不幸がたくさんあっただけ幸せであった。

いや理屈はよそう。考えが固くなる。

そのころ大分でときどき食べていたおかずに「りゅうきゅう」というのがあった。漢字で琉球と書くのかどうかはわからない。高級なご馳走というのではないが、ふつうのおかずにしてはご馳走で、私は妙に好きだった。

簡単なものであるが、まずお刺身みたいな切身がある。これはマグロでもいいし、ブリとかほかの魚でもいいのだろう。それと同じぐらいに切ったコンニャクがある。それとネギ。九州のネギというのは青ネギであって、東京でいうワケギをもう少し太くしたようなものだ。ネギとニラのあいのこみたいなのをチモトと言ってたはずだ。最近スーパーなどで万能ネギというのがあるが、あれが九州のネギに近いかもしれない。青いところの方こそむしろ食べるのである。

で魚の切身とコンニャクの切身とあとネギをざくざくと切って、それを深い皿で醬油にだぶだぶに漬けるのである。一晩くらい置くのだと思う。それでもういいのだ。黒々として見かけはあまりよくないが、じつにうまい。白いご飯にまたうまい。もうたまらない。

私はとくにその中のコンニャクが好きだった。マグロの刺身もうまいのだけど、コンニャクにも味が染みて、しかも大きさも刺身と同じにしてあって舌触りも似ているから、マグロの刺身そっくりになるのである。

いやそういうとマグロみたいにおいしい、マグロに似ているからおいしい、マグロの代りにおいしい、となるみたいでわびしいおいしさだと思うかもしれないけれど、それは違う。マグロみたいで、しかもマグロよりおいしいのだ。そのコンニャクが。

いやマグロはおいしい。一晩漬け込まれて。ネギもおいしい。ちょっとくにゃっとしたりして。そしてその上でコンニャクがおいしいのだ。マグロの真似をして味を染み込ませながら、しかもマグロよりもあっさりとして。

とにかくおいしいおかずだった。りゅうきゅうというその語感がまたその味を思い出させてたまらないのである。

ところが、東京に大分の人のやっている店があって、そこへ同郷のユキノ君と酒を呑みに行ったらメニューに「りゅうきゅう」とあったので慌てて頼んだ。何年か何十年振りだった。で、出てきたのを食べたが、ちょっと違うのである。たしかにその場で作るのだから、一晩漬け込んだという味がない。それから使っている魚もちょっと違う気がするけど、それはまあいいとして、いちばん不満なのはコンニャクが入ってないということ。

そのことを訊いてみると、コンニャクなどは入れないという。え？　と思った。私にはコンニャクの味こそがその特徴なのだ。

「りゅうきゅうにはコンニャクを入れますよ」

と言うと、

「コンニャクなんか入れないわよ。あなたのとこずいぶん貧乏だったのね」

などと言われてしまった。それはたしかに貧乏ではあったが、それとはまた違う問題なのである。コンニャクはマグロの水増しで入れていたのでは決してない。

ユキノ君とはその点で同意見だった。あの味の染みたコンニャクがうまい、とユキノ君も言うのである。

これはしかし大分でも地方によって違うのかもしれないと思った。うちの母は東京の生れ育ちだから、りゅうきゅうなどもともと知らない。大分のその時代に、隣近所の人に聞いて作っていたのだろう。大分の市内である。市内ではコンニャクを入れていたのではないだろうか。

まあどちらが正調であるにしても、りゅうきゅうは魚の切身もうまいが、コンニャクがまたうまいのである。それをほかほかのご飯といっしょに口に含んで、もうたまらないのである。

吉原揚げ

八代目　坂東三津五郎

吉原揚げというと江戸の浅草観音裏の吉原と思われそうだが、これはもっと古い元吉原、すなわち明暦の大火の後浅草へ移る前、今日の人形町の近く葺屋町《ふきやちょう》辺にあったころの名物だ。吉原が浅草に移った後も、店は元地に残って関東大震災の少し前まで、小さな油揚げを竹のかご——ちょうど向島の長命寺の桜もちのかごのようなのに入れて売っていた。

それにちょっと酒をつけて、火鉢の網にかけて少しこげ目がつきかけたところを、大根おろしとしょう油で食べる。酒のさかなにもご飯にもたいへんおいしい。吉原揚げがなくなってから五十年以上たっているが、普通の豆腐屋の油揚げでも結構うまい。ただし豆腐屋を選ぶこと。油が悪いとどうにもならない。

第一油揚げというとなんだか他人行儀で、あぶらげといった方が親しみが持てる。そのあぶらげだが、お稲荷さんのお供え物にするような黄色いのは駄目。色の白っぽい方がまあ油がよいのだろう。東京にもよい豆腐屋が二、三軒あるらしい。私は最近その一軒へ買いに行く。豆腐もよいし、あぶらげ、なま揚げ、がんもどき、みなよろしい。ここに店の所と名前を書きたいのだが、辻留から禁じられている。大量に売れると品質が落ちる心配からで、知りたい方には内緒でお教えする。

あぶらげを二センチぐらいに切ってお皿に入れ、その上に酒をかけて焼くだけ。実に何でもなくてうまい。あぶらげがどんなに江戸の庶民に親しまれたか、とんびにあぶらげなんて言葉もある。煮物には欠かせないもので、さつま汁やけんちん汁、かす汁、卯の花、かやく飯、みんなあぶらげが入っていないと、画竜点睛を欠く。

清元の踊り「子守」で、みそこしを持って子守が駆けだして出てくる。これは子守があぶらげを買いに行った帰り道で、とんびにあぶらげをさらわれたのだ。市中でとんびも見られなくなったと同時に、あぶらげを食べる機会も少なくなった。私がいわなければ、買ってくれない。もっとも家が近いから豊川稲荷で買ってこられてはたまったものではない。

油揚げ、あぶらげは陶器の方では貴重なもので、桃山時代の黄瀬戸のあぶらげ手というのは数千万円もする。博物館に行けば見られるが、手にとる機会はめったにない。

この黄瀬戸は面白いことに、よく焼けて釉薬《うわぐすり》がすっかり溶けているのは珍重されない。私もそれなら持っている。くすりがまるでかかっていないような、まるで上等のなまのあぶらげのようなのが珍重される。そしてどこかにちょっとこげたところがあるのがよい品とされている。つまりあぶらげを焼いて食べる時の焼き加減と同じことで、こげ過ぎたのも焼き過ぎたのも、あまり黄色いのも駄目。陶器の好きな人は昔から食い道楽の人が多かったから、黄瀬戸あぶらげ手なんてうまい言葉を使ったのだろう。

あぶらげを使った料理に「竹虎のおつゆ」というのがある。ねぎの青いところとあぶらげで竹に虎、これはあぶらげを使わずにさつま芋でやることもあるが、元来はねぎの青いところと、それこそお稲荷さんのお供え物のお下がりで作る、前にいった楽屋の菜番料理だ。そのほかあぶらげ飯、細く切ったあぶらげをしょう油で煮てご飯にたき込む。きつねうどんはみな様ご存知。あぶらげを裏返しにして中華料理の春巻きを作る。これも婦人雑誌で紹介ずみ。あぶらげを裏返しにすることは、「おつなずし」が元祖。おつなことを発明したものだ。

すき焼き

池部良

砂糖と醬油が煮える
甘辛の魅力的な匂い。

すき焼きは、日本の食べものの中で代表格に選ばれながら、いつ、どこで舌鼓を打ったのか覚えのない不思議な料理ではあるようだ。

僕は小学校高学年の頃から、軍隊に入る二十四歳の日まで、何回、すき焼きに出会ったものか、はっきりした印象がない。

でも、大森のわが家の居間に置かれた卓袱台《ちゃぶだい》を囲んだ親子四人が、おやじの指揮の下、鉄鍋の中でぐずぐずと煮える牛肉や野菜に箸を入れては、溶いた卵をつけご飯の上に載せて食べた風景が、今でも残っている。砂糖を入れたり醤油を足したり、水を差したり、重なっている牛肉を一枚一枚剝いでは鍋に並べる、煮える葱や白滝《しらたき》や焼き豆腐を配給するのもおやじの指揮下にあったから、おやじが「よし」と言うまでは箸が出せない。

砂糖と醤油が煮える甘辛《あまから》の魅力的な匂いに牛肉の脂の臭いが混り合った、とあってはお預けを食った犬同様、涎《よだれ》が滾々《こんこん》と湧いて、ついには顎先から滴り落ちる。

「ばかやろ。みっともねぇ真似するな。東京の男は、涎なんか垂らさねぇもんだ」とおやじに叱られる。大学生になっても、そんな記憶がある。

夕食のおかずが、すき焼きだという日は、おやじにどんな良いことがあったのか知らないが、朝食を食べている最中、滅多に見せない奥の金歯を光らせた笑顔で、

「おい、良と光介、今晩は、牛鍋だからな早く帰《け》えって来い」と言う。

「お父さん、何か良いことがあったのかな」とおふくろに聞くと、いつも同じ返事で、

「さあね。あったんでしょうよ。でも、何でも思いつきの人だから」と言っていた。

「今晩は牛鍋だ」と呼ぶおやじのすき焼きは、牛肉こそ霜降りのところと贅沢にしていたが具の種は四種類しかない。焼き豆腐、白滝、斜めの、ざくに切った長葱と春菊。

おふくろが「あたしの家（実家のことらしい）じゃ、お麩とか湯葉とか、白菜、玉葱、高野

豆腐、蕗なんかを入れてたわ」と言ったことがある。「ばかやろ。だから、お前のおやじは書家なんて野暮なことがやれるんだ。

麩はな、汁ばっかり吸いこんじまって、味も素っ気もない。無駄な努力って言葉は、麩を煮るところから来てるんじゃやねぇか。

湯葉だってそうだ。ゴムの褌みてぇで、味は滲みこまねぇし、噛み切れねぇだろう。胃袋に入れたら、そのまま出て、始末に困るってもんだ。白菜はまずいとは言わねぇが、半煮えで食べてみろ、変に生臭ぇし、うっかり煮くたらしたら、春の小川の杭に引っかかってる何かの芥《ごみ》みてぇで食える代物じゃない。高野豆腐に至っては、煮えて汁をたっぷり含んだ奴を、間抜な面《つら》して口ん中に放りこんでみろ、大火傷《やけど》だ。死に損いまでして食うもんじゃねぇな、あらぁ。蕗がいいって言ったな。

確かに、山椒を利かせた佃煮は、茶漬には絶品だと思うよ。だがな、牛鍋には合わねぇな。あんな便所の脇で陰気に、大きな面して生えてるのを粋《いき》がる奴の顔がみてぇってもんだ」と言ったら、

「あなた、お話がちょっと変よ。蕗はちゃんとしたとこに生えてます。お便所の脇に生えているのは、石蕗《つわぶき》です。父から教わりました。石蕗は、蕗の種類じゃないそうです」とおふくろ。

「ま、それが常識だろう」と言ったおやじの二の句の継げなかった顔を思い出す。

お膳立ての出来た卓袱台の真ん中に、平たい鉄鍋を載せた低いコンロが置かれる。このコンロの燃料は何だったのか記憶にない。

さて、全てが揃って、おやじの号令がかかるのを待つ。やがて「おい」とおふくろに顎をしゃくって「湯を入れろ」と一声を放つ。

後日になって知ったことだが、すき焼き専門店では、割り下というあらかじめ砂糖、醤油、蜜などを煮出した汁を使う。わが家では知ってか、知らずか、沸した井戸水で鍋の中の砂糖、醤油を溶かしていた。

おふくろが「はい」といい返事をして、鉄鍋四分の一の深さに湯を注ぐ。「よかろう」と言ったおやじは益子焼の砂糖壺から、お玉杓子で砂糖を一杯、白地の陶器の醤油差しを、むんずと摑んで、醤油をごぼごぼと入れる。日本酒の一升瓶を抱え、瓶の口に親指の腹を当て、酒が飛び出す量をコントロールする。

牛肉を一枚食べただけで、顔が火照《ほて》ったから、酒も香りづけなんてものではなく、かなり沢山な量だったのかも知れない。おやじは大匙で汁を掻きまわし、大匙に掬った汁を、首を伸ばして、ひとなめし、

「上出来だ。絵描きは色の配分を考えているから、味付けもうまいわけだ」と言うのが、いつも聞かされている台詞であり調味の手順だった。

「おい、脂身を入れろ。それから肉、焼き豆腐だ」とおふくろに指図したおやじは卵を、まず自分とおふくろの小鉢に二個、伜達には一個ずつ配った。

ふつふつと煮え、向いのおやじの顔が霞むほどに湯気が立つ。湯気は醬油と砂糖が渾然として、日本人なら誰もが魅力に感じる、あの匂いを立ち上らせ牛肉や野菜の臭いを従えて鼻を襲って来る。でも、まだおやじの「食べてもいいぞ」と言う許可もなければ配給もないから、弟と僕は、ひたすら箸を握りしめていた。

やっとのこと、おやじの許可とおふくろの配給が始る。とき来れり、である。

溶き卵に漬けた肉を、顔を横にして頰張る。世の中に、これ以上うまいものがあるんだろうかと思い、幸せいっぱいになった。

江戸っ子だからか、生来のせっかちだからかは分らなかったが、おやじは肉も葱も生煮えを好んで先取りしたから、僕達が食べられる肉は一枚か、多くて二枚、葱は紙を煮たも同然だったのが頭に残っている。

何れにしても、すき焼きの調理方法は、こういうやり方が正統なんだろうと思い、今でも家内と二人だけのすき焼きでは、だぶだぶ汁の中で煮るのを、善しとしている。
戦後もかなり、こっちに来て、京都で撮影する機会が多かったとき「たまには栄養をつけよ
うぜ」と仲間の俳優さんや助監督を誘い、花見小路辺りだったか、すき焼き専門の奇麗な店に、
何度も押しかけたことがある。
お姐さんに「あたしが、煮ますよって、手ぇ出したらあきまへんえ」と言われ彼女の手先を
見つめていたら、最初に脂身で鉄鍋の底を拭き、拭き終ったら、醬油と砂糖をごってりと入れ、
割り下を、ちびと注ぎ、野菜、豆腐を鍋半分、山盛りに、半分の余地には牛肉の片を三、四枚
敷いた。
「この肉、お出しですよって、おいしいことあらしまへん。でも、お好みやったら、どうぞ」
と言う。
それにしても、こう砂糖をこんもり入れて醬油を、ごぼっと注いだら牛肉の佃煮が出来るん
じゃないかと、ひどく心配した。
心配は杞憂に終った。
たっぷり入れた野菜、豆腐から出る水分がほどよい汁を作り、東京のだぶだぶ式よりは濃い
味だったが、それはそれで「うまい」と感心した。東京生れでも、感心するところは感心する、

いい例だ。

あまりに感心したので、何度も通ったが、丁度、秋に入った頃だったか、

「今日は、お肉はんとみぶなだけのすき焼きを召し上っておくれやす」とお姐さんが言う。

「みぶな?」と僕が聞いたら、

「へえ、壬生菜と書きまして、東京の水菜によう似てますが、やはり違いますな」と言う。

煮えた壬生菜は香りも味も平安朝時代の若い公卿のような淡白さ。武家に似た牛肉と見事に調和していた。うまいと言うより美味しいと言う表記が適切なような気がした。

僕のすき焼き歴には、この二通りがあって東京生れの育ちとしては主体性がないようだが、どっちもどっちの感がある。

どうでもいい話だが、おやじは、すき焼きの最後に沢庵や白菜の漬物を入れて、悦に入っていたが、まずくはなかったが馴れるまで時間がかかったと覚えている。

しゃけの頭

石井桃子

私は、たべ物で、何が一ばんすきかと聞かれると、こまってしまいます。何か、とくべつすきなものがあって、どうしてもそれをたべないと、胸がおさまらないというようなものがあったら、さぞたのしみだろうと思うのですが、庶民的な家に育てられて、いもの煮ころがしや、母のすきなことば、「ありあわせ」の物をたべて大きくなったためかもしれません。

でも、ほかの物よりすき、というたべ物がないわけではありません。何か御馳走してやろうと言われれば、ビフテキやおさしみと答えます。じじつ、そういう物は、小さいときから、とくべつの御馳走だと思っていました。しかし、自分で自分のおそうざいを選ぶときは、まず頭にうかぶのが、しゃけの頭に、おいしいたくあんに、とりのモツです。一年じゅう、これをたべていろと言われれば、こまるかもしれませんが、この三つが、私の変わらない好物です。

しゃけの頭が、なぜそんなに親しいものなのか、自分でもふしぎですが、これは、ごく小さい時からの思い出にもからんでいます。

私の生まれた家は、大きなワラ葺き屋根の家でした。私が物ごころついて以来、毎年、暮れになると、そのころの例で、お歳暮の塩じゃけが、方々の家からとどけられました。それが、お勝手の土間の上の壁ぎわに、酉《とり》の市の熊手のようにならびはじめます。もうじきお正月という気もちも手つだって、幼い私たちは、喜んでその壁にぶらさがったしゃけを数えたものでした。

　このしゃけを切るのは、おじいさんの役でした。一尾のしゃけがたべ終わると、おじいさんは、また一尾おろして、日のあたる縁がわにまな板をおき、手ぎわよく、美しい切り身をつくってゆきます。切り終わると、当座使うのだけ、そのままにして、あとは粕につけます。

　子だくさんの家でしたから、上のほうのきょうだいのころは、どうだったか知りませんが、末の私たちが五つ六つになったころには、このしゃけ切りは、おじいさんと孫の私たちとの間の、小さい儀式になっていました。

　よくすぐ上の姉と、何かして遊んでいますと、おじいさんの「おさしみのすきな子やァい！」という声が聞こえてきます。

　私たちがとんでいくと、おじいさんは、まな板も、よく切れる出刃庖丁も、しゃけも揃えて、縁がわで待っていました。

私たちは、まな板の前に坐りました。

このおじいさんは、いま思いだしても、ほんとにいいおじいさんだったと思うのですが、子どもをたのしませることを知っていました。おもしろい話を人に聞かせることがすきでしたし、背中がかゆいから、かいておくれなどと言われて、あぶらっこい背中へ手を入れると、ゆでたまごがかくしてあったりしました。

さて、しゃけ切りの話にもどりますが、おじいさんは、シャリシャリと骨の音をきれいにさせて、しゃけをおろしてゆきます。頭がおとされ、身が二枚になって、美しい肉があらわれると、「これはあまそうだ」とか、「これは、からいな」と、おじいさんが批評します。

私たちも、それによって、うれしがったり、がっかりしたりしました。

開かれて、あらわれた腹のくぼみのすみには、黒いクニャクニャした細いものが、くっついていました。私たちは、それを「しおから」と呼んで、にがい、からいものだと思っていました。おじいさんが、その「しおから」をはがして、宙にぶらさげます。「たべるかな?」と思って見ていると、おじいさんは、大きな口を、あんぐりあけて、つるりとのみこんでしまいます。私たちは、キャアキャア言って喜びます。それが、一つのクライマックスでした。

「しおから」がすむと、おとなしい子どもたちに、御ほうびが出ます。ピンクの肉のやわらかそうなところを、うすくそぎとって、ひと切れずつもらうのです。これが、「おさしみ」でした。

おさしみ授与がすんで、はじめておじいさんは、本式に切り身をつくりにかかります。

切り身はたくさんできますが、しゃけの頭は一つしかありません。きょうだいたくさんの私たちが、しゃけの頭を珍重するようになったのは、そのためかどうかしりませんが、とにかく、私たちは「コリコリ」とよんで、みんなで頭がすきになってしまいました。

それも、細く切ったり、スにつけたり、しゃれたことをするのではありません。大きいまま焼いて、かぶりつくのです。あまり塩からい時は、熱湯をかけます。小さい時から、このコリコリを、ほかの者と分けないで、一人で全部たべたいものだと思ったことが何度もあります。

私が、どんなにしゃけの頭を御馳走だと思っていたか、いまでも、きょうだいと話して笑う一つ話があります。そのことのあったとき、私は上から二ばんめの姉の背中におぶさっていたのですから、四つか五つのころだったでしょう。姉は、やはりおなじ年ごろの友だちと遊んでいて、その子たちの背中にも、それぞれ、小さい弟妹がくくりつけられていました。

その日、何をして遊んだのかは、おぼえていないのですが、さかんにとんで歩いて昂奮したことだけ、はっきりおぼえています。家のずっと裏の、くらい林の中まではいっていったような気もします。何しろ、ひとの背中におぶさってとんで歩くのですから、私たちにしてみれば、馬に乗って狩にでもいくような勇ましさです。姉たちが姉たち同士で話しあっている間、私たち背中組も、いろいろ話しあいました。そのうち、私は、中の一人の子が、とくべつすきになりました。さんざ、おもしろく遊んだあげく、夕方になって、家のほうへ帰りはじめたとき、私はたいへん名ごりおしくなって、姉の耳にささやきました。

「家へ帰ったら、××ちゃんにコリコリを分けてやろうね」

私には、コリコリ以上の御馳走が思いつけなかったのです。

ほっしんとはなくそ

大村しげ

　わたしは、それを〃ほっしん〃と、いうていた。母も、おばあさんも、そういうていたからである。乾飯《ほしいい》のことやろうか。お釜さんについているご飯のおこげをおこして、手でもむと、ぱらぱらになる。もっとひどうこげついたときは、お釜に少うし水を張って、ご飯がほとびれてから、おこし、いかき（ざる）にいれて陰干しをする。そしてほぐすと、ぱらっとなった。それがほっしんで、いつでもカンにいれてあった。

　そのほっしんがカンにいっぱいたまると、おばあさんは、お砂糖とおしたじで、それを甘辛うからめてくれはった。ときどき、お砂糖の蜜だけでからめることもあったけれど、わたしはおしたじがはいっているほうが好きやった。こうばしいて、甘辛いほっしん。紙に包んでもらうと、べたべたにひっついて、紙もいっしょに口へいれてしまう。それでも、シュークリームよりも、チョコレートよりも、好きやった。

そのほっしんに、黒まめのいったのが、まじっていることがあった。それを〃お釈迦《しやか》さんのはなくそ〃というて、やっぱりお釈迦さんの鼻くそは大きいと感心したものである。それは、涅《ね》槃《はん》の日のおやつやった。お釈迦さんが入滅されたのは二月の十五日で、お寺さんでは、たいてい涅槃会《ねはんえ》を三月十五日に、旧でおつとめになる。そのとき、はなくそは花供御《はなくそ》と書いてあった。

ときどき、ほっしんがまだたまってないときは、寒餅でつくったあられをいって、はなくそをつくってもろうたけれど、やっぱり、ほっしんのほうが、わたしにはよかった。おこげのこうばしいのが、なんやらおかあさんのにおいのように思えたからである。

ほっしんはまた、まだ味のついてないのを、おさじに一杯お湯のみにいれて、お塩をほんのちょっとふりかけ、熱い番茶をさすと、ちょうどぶぶあられのようで、さっぱりとした飲みものになる。ふうふうとふいていると、こうばしい湯気が鼻をくすぐって、飲まんうちからおいしかった。そやから、母が炊事をしていると、わたしはいつでもねき（そば）へ行って「おこげをこしらえて」と顔をのぞきこんだものである。

おばあさんは、このほっしんをせっせとためて、いつでもカンに一杯分だけは残してはった。それは、わたしでも食べたらしかられる。なんせ、関東の大震災があってからは、非常用に、いざというときには持ち出せるようにしてあったからである。そのまま、ポリポリと口にいれてもよいし、蓋付きのお湯のみに半分ほどいれて、そこへ熱湯をさし、しばらく蓋をしてうましておくと、ほっしんはふっくらとふくれて、ご飯のようになる。これはすぐに食べられるので、年寄りの知恵で、心がけてはったんやろう。そして、これが間に合うようでは、どもならん、と、いうてはった。

このほっしんの話をしていたら、大阪の旧家に育った友だちも、やっぱり覚えがあるのやそうな。そして、なんであんなけったいなもんがおいしかったんやろうね、と、いう。

わたしは、いまでもほっしんがなつかしいし、ときどきおこげをこしらえる。ガスで、ふっうにご飯を炊くからである。そして、もう甘辛うはせずに、濃口《こいくち》のおしたじだけで、からからといっておく。なんやらほっこりとして、疲れたときに、ひと口ほおばって、熱いほうじ茶を飲むと、すっとするからである。これはおとなの味かしらん。

トルコ蜜飴の版図

米原万里

トルコ蜜飴という菓子の名前を初めて知ったのは、ケストナーの『点子ちゃんとアントン』という小説である。このシリーズ、わたしが小学生のころは結構人気があって、今でも同年輩にたずねると、必ず、

「ああ、読んだことある」

という答えが返ってくる。しかし、

「トルコ蜜飴って出てくるでしょう」

と問うても、十人中十人が首を傾げる。

「エッ、そんなのありましたっけ」

話のすじに無関係に実にさりげなくトルコ蜜飴という言葉が出てくるので、大多数の読者の

記憶をかすめもしなかったのだ。

なのに、わたしときたら、トルコ蜜飴という字面を見ただけで、心が千々に乱れたのだった。なんて美味しそうな名前。どんな味のお菓子なのか。どんな色と形をしているのか。一度でいいから食べてみたい。

思いが天に通じたのか、その機会は意外に早くやって来た。

小学校三年の秋、両親の仕事の都合でチェコスロバキアのプラハに移り住んだ。学校の帰り道、学友たちと駄菓子屋に寄って買うお菓子の人気ナンバーワンが"TURECKYMED"直訳すると、「トルコの蜜」すなわちトルコ蜜飴だったのだ。

ヌガーをもう少しサクサクさせて、ナッツ類の割合を多くした感じ。並のキャンディーやチョコレートじゃ太刀打ちできないぐらい美味しい。

なのに、ロシア人のイーラは言う。

「これなら、ハルヴァの方が百倍美味しいわ」

「そのハルヴァっていうの、食べてみたい」

「えっ、ハルヴァを知らないの。じゃ今度、モスクワに帰ったときに買ってきてあげる」

夏休み明けの九月一日、イーラは約束を果たしてくれた。ちょうど靴磨きのクリームが入っている缶のような形とサイズの青い容器。蓋に白字で"XAJIBA"（ハルヴァ）とだけ書かれてある。今も青い丸い缶に"NIVEA"と白地で書かれたニベア・スキンクリームの容器を見るたびにイーラが持ってきたあの缶を思い出す。

蓋を開けると、ベージュ色のペースト状のものが詰まっていた。イーラは、紅茶用の小さなスプーンでこそげるように掬《すく》うと、差し出した。

「やっと手に入ったの。一人一口ずつよ」

こちらが口に含んだのを見てたずねる。

「どう、美味しい？」

美味しいなんてもんじゃない。こんなうまいお菓子、生まれて初めてだ。たしかにトルコ蜜飴の百倍美味しいが、作り方は同じみたいな気がする。初めてなのに、たまらなく懐かしい。噛み砕くほどにいろいろなナッツや蜜や神秘的な香辛料の味がわき出てきて混じり合う。こういうのを国際的に通用する美味しさというのか、十五カ国ほどの国々からやって来た同級生たちによって、青い缶は一瞬にして空っぽにされた。

たった一口だけ。それだけでわたしはハルヴァに魅了された。ああ、ハルヴァが食べたい。心ゆくまでハルヴァを食べたい。それに、妹や母や父に食べさせたいと思った。ハルヴァの美味しさをどんなに言葉を尽くして説明してもらっても分かってもらえないのだ。

それからほどなくして父のモスクワ出張が決まった日には、スケッチブックを取り出して、まぶたに焼き付いたあの缶を描いて水彩絵の具で青く塗った。それを見ているだけで生唾がドクドク溢れてくる。

「お土産は何がいいかい」

いつものように旅立つ前にたずねてくれた父に、スケッチブックの絵を手渡した。

「ハルヴァというお菓子、これをなるたけたくさん買ってきて」

二週間後に帰宅した父の旅行カバンに、しかし青い缶はひとつも入っていなかった。父は仕事の合間を縫って、百貨店やスーパーや自由市場に足を運んだ。モスクワ在住の日本人にもたずねたらしい。

「えっ、そんなお菓子があるんですか？」と逆にたずね返されたと言う。

それからは、父も母もハルヴァに対する好奇心が芽生えて、ソ連に出張するたびに探し回ってくれるのだが、一度も念願かなったことは無かった。一度だけ、自由市場で手に入れたというベージュ色の塊を父が持って帰ったことがある。お供え餅のような形をしている。

「露店の婆さんが、これがハルヴァだって言い張るんだ」

イーラの食べさせてくれたハルヴァより白っぽくてカチカチに乾いていたけれど、胸がときめく。布巾でくるんで上から金槌でたたくと、無数の破片になった。一斉に手が伸びて、妹と母と父とわたしの口の中に破片は放り込まれた。

「ヌガーにごま油を染み込ませて乾燥させたみたいな味ね」

思い切り期待はずれの顔をして母が言った。

「これならトルコ蜜飴の方が美味しい」

と妹。父だけが、次々と残りの破片を口に放り込んで満足そうである。

「これは、子どもの頃に食ったムギコガシみたいだ」

「こんなもんじゃやない！」

小声で叫ぶと、それを呼び水に怒りと悲しみが突き上げてくる。

「これがハルヴァだと思われちゃ、ハルヴァが可哀想だ！」

ソ連人の級友たちにそのことを話すと、一笑に付されてしまった。

「無理よ、無理。外国人旅行者が本物の美味しいハルヴァに出会えるのは奇跡みたいなものでしょ。なかなか店頭に並ぶことはないし、並んだとたんに売り切れちゃうもの」

「じゃ、その本物の見分け方はどうするの？」

とたずねると、みな考え込んでしまって、出てきた答えは平凡だった。

「食べてみるしかないんだなあ」

「そうそう、ハルヴァの味は食べてみなくちゃ分からないってエンゲルス先生も言っている」

これは不可知論に対して実践論を説いたエンゲルスが「プディング」にたとえて説明したところを「ハルヴァ」に置き換えた駄洒落だったのだが、大人になって、わたし自身がロシアに百回以上出張するようになり、そのことを何度も確認することになった。イーラの青い缶は一度もみかけなかった。

その頃には、ハルヴァはロシアというよりも、旧ソ連のイスラム圏の人たちの作るお菓子ということが分かってきた。中央アジアのサマルカンドやヒワのバザールで、何度か父がかつて買ってきたのと同じお供え餅型のハルヴァに出くわした。毎回心ときめかして味見してみるのだが、決まって落胆する。いずれも乾燥ヌガーの域を出ないのだ。ウズベキスタンの都タシケントで現地の人がハルヴァイタルと名付けたデザートも食べてみたし、作り方も教わった。

材料は、バター一〇〇グラム、ナッツ一〇〇グラム、小麦粉一カップ、砂糖一カップ、水一～三カップ(好みに応じて調整)。バニラエッセンス小さじ四分の一杯。バターを熱した鍋で溶かし、冷めたところへ小麦粉を入れ再び火にかけて、きつね色になるまで用心深く混ぜる。絶対焦げ付かないように気をつけること。そこに熱湯で溶かした砂糖を加え、軟らかい粘土状になるまで混ぜ続ける。火を消す直前に砕いたナッツ類を混ぜ入れ、火を消してからバニラエッセンスを加えて出来上がり。

ハルヴァにちょっとだけ似ているが、やはり違う。

モルダビアで自家製のヌガーをご馳走になったときに、味がハルヴァイタルに似ていたので、その製法をメモしたら、作り方もちょっとだけ似ていた。

材料は、砂糖五〇〇グラム、粉砂糖五〇グラム、蜂蜜一カップ、水一カップ、皮むきした胡桃《くるみ》三〇〇グラム、卵白一〇個分、バニラ四分の一本またはレモン一個分の皮を干したもの。

砂糖、蜂蜜、水を鍋に入れ混ぜながらカラメル状になるまで煮る。卵白は角が立つまで泡立てて粉砂糖を入れ、これを先ほどのカラメル状のものに混ぜ入れ、弱火にしてしゃもじでかき混ぜ続ける。冷水に鍋の中のものをすくって流し入れ、球状に硬く固まるようになったら出来上がり、砕いた胡桃とバニラまたはレモンの干し皮を混ぜ入れる。棒状にして乾いてきたら、適当な長さにカットする。

これは、プラハでの学校帰りに食べたトルコ蜜飴の味だった。トルコ蜜飴はやはりヌガーなのだろうか。

ヌガー nougat　フランス　飴菓子の一種。砂糖と水飴を煮詰めたものに、泡立てた卵白やゼラチンを加えて気泡を含ませ、ナッツなどを混ぜて固めたもの。気泡が入るためソフトな口当たりのキャンディーである。語源はラテン語のナックス nux（クルミ）が変化したものである。製法は、まず砂糖、水飴、水をあわせて一二〇度まで熱して煮詰める。別に卵白を十分に泡立て、煮詰めた蜜を加えながら強く攪拌する。砂糖が結晶化して硬化してきたら刻んだナッツ類を加え、容器に平らに流して冷やし固め、適当な大きさに切る。アーモンド、ピーナッツなどナッツ類のほか、ジャム類、果物の砂糖漬けなどを加えることもある。

（『日本大百科全書』小学館）

あるとき、モスクワ空港の外貨ショップでハルヴァと大書されたプラスチック容器を見つけ、興奮して持てる限り大量に買い込んだ。乗り込んだ飛行機の中で食べてみてガッカリ。まずくはない。しかし、イーラのハルヴァとは雲泥の差だ。その頃、通っていた茶道の師匠にお土産で持っていくと、その日のお稽古にさっそく登場した。師匠にも稽古仲間にも美味しい、美味しいと大変評判がよろしい。

「お抹茶にピッタリですわね」

「和菓子にも、これと似たのがありませんでしたっけ」

「素朴なようでいて、奥行きのある不思議なお味ですわね」

美味しい。しかし、違う。イーラのハルヴァはこんなもんじゃなかった。こうなると、だんだん自信がなくなってくる。子どものとき、たった一度たった一口しか味わったことのないあの味を、自分が勝手に美化しているのではないか。ほんとうは今食べたこの味とさして変わらなかったのかもしれない。幸せの青い鳥が実は身近にいたと知ったチルチル&ミチル、いや、憧れ続けた初恋の君に再会したら平凡な男だったと知った女心みたいな心境に陥りそうになった矢先、それが覆る出来事が起こったのだった。

ギリシャ旅行から帰って来たばかりだという友人のIが、

「米原さんがいつも力説しているハルヴァとかいうお菓子、アテネで見かけたのよ」

そう言って、板チョコみたいなものを手渡してくれた。真っ赤な地に金色で"XAJIBA"と印刷してある。そうだ、キリール文字はギリシャ文字を基にしているんだったと昔教科書で習ったことを思い出しながら、包みを開くのももどかしい。まだ味見していないというIと一緒に一かけらずつちぎって口の中へ運んだ。

「んっ」

無言のまま次の一かけら、次の一かけらと手が自動的に動き、

「ああ、ああ、こんなことならあの店にあったやつ、全部買い占めてくれれば良かった」

とIが呻いたときには、ハルヴァは跡形もなく消え失せていた。あの味だった。イーラが食べさせてくれたハルヴァのまぎれもないあの味だった。

「絶品って、こういう味のためにある言葉だったんだ」

となおも未練がましくIが言った。

それからは、わたしの心の中でハルヴァの版図はソ連のイスラム圏だけでなく、全イスラム圏に広がっていった。東欧の、かつてオスマントルコ傘下にあった国々にも目を光らせるようになった。ブルガリアのソフィヤやルーマニアのブカレストでもハルヴァを見つけたことがある。しかし、二十年前にIがギリシャで買い求めたハルヴァに匹敵するものには、未だにお目にかかっていない。

イディッシュ語ではHALVA、トルコ語ではHELVA、アラビア語ではHALWAと綴られ、どうやら同じ菓子をそう呼んでいることも分かってきた。トルコにもアラビブ諸国にもまだ行ったた

ことがないけれど。

きっと、ドイツ人やチェコ人は、ハルヴァを真似して作ったお菓子をトルコ蜜飴と名付けたのではないだろうか。手元の仏語辞典『petit ROBERT』には、HALVAという見出し語があり、「トルコの飴菓子。ゴマ油に小麦粉と蜂蜜とアーモンド（またはピーナッツやピスタチオ）の実などを混ぜて作る」とあった。

手元のランダムハウス英語辞典には、HALVAの見出しはなく、代わりにHALVAHがあり、「主にすりごまと蜂蜜から作るトルコ起源のキャンデー」と説明している。TURKISH HONEYの見出しはなかったが、英語の料理本には、TURKISH HONEY ALMOND CAKEの作り方が載っていた。

材料。黒砂糖一カップ、砂糖茶さじ三杯、卵白二一グラム、好みの蜂蜜二五〇mg、インスタントコーヒー茶さじ一杯、シナモンパウダー茶さじ一杯、ナツメグ茶さじ½、クローヴパウダー茶さじ½、小麦粉二カップ、ベイキングパウダー茶さじ三杯、アーモンドパウダーまたはアーモンドスライス一〇〇g、アプリコットジャム茶さじ二杯。作り方。①オーブンを一八〇度まで温めておく。②黒砂糖、白砂糖と卵白をふっくらとうす茶色になるまで泡立てる。そこへ蜂蜜とコーヒーを加え、しっかり一体化するまでゆっくりかき混ぜる。③小麦粉とベイキングパウダーをよく混ぜ合わせ、スパイスと一緒に②に入れて、アーモンドパウダーまたはアーモンドスライスを分量の半分入れ、よく攪拌する。④ケーキ型にバターを塗り、③を流し入れ、残りのアーモンドでトッピングしたものを、⑤一七〇度のオーブンに入れて四五分間焼く。⑥ふっくら焼き上がったらオーブンから出して型に入れたまま一〇分間冷やし、それから型から出す。⑦アプリコットジャムを加熱し、ケーキに塗る。

これは、どちらかというと、普通のケーキの作り方によく似ていて、どうやらトルコ蜜飴からはほど遠い感じ。

ランダムハウスに、TURKISH DELIGHTの見出しを見つける。「トルコの菓子。粉砂糖をまぶしたゼリー。牛皮飴の一種」という説明があった。

ぎゅうひ【求肥】こねた白玉粉を蒸し、砂糖・水飴を加え、火にかけて練りかためた菓子。柔らかく弾力がある。求肥飴。求肥糖。〔もと「牛皮」とも書いた〕

(『大辞林』第二版　三省堂)

もしや、とわたしは叫んだ。ハルヴァを食べたときの懐かしさは、ここから来ていたのではないだろうか、と。もっとも、イギリスで実際にTURKISH DELIGHTなる菓子を食したことがある日本人は、まるで示し合わせたかのように、

「二度と食べたいと思いませんよ、あんなもの！」

と嫌悪感を露《あら》わにする。本書の編集を担当してくれているFさんもその一人だ。

「あれはイギリス人でさえ、まずいと思うみたいですよ」

Fさんが昔読んでタイトルも作者名も思い出せない推理小説の中で、犯人はこのTURKISH DELIGHT（しかもミント味）に仕込んだ毒物で殺人を犯すのだが、ねっとりしつこい甘さで、殺された被害者以外これを口にするような人は周囲に一人もいなかった、という設定だったというのだ。

東方正教会の美術と歴史を学んでいる早川美晶さんは、ルーマニアの専門家でもあり、このTURKISH DELIGHTはLOUKOUM RAHATのことではないか、と指摘する。実際にそういうお手紙を筆者にくださったのだ。

「私はTURKISH DELIGHTは、トルコ語でLOKUMと呼ばれるお菓子のことではないかと思います。LOKUMはルーマニア語ではRAHATと呼ばれており、両方とも日本の求肥飴がもう少し硬くなった食感で、キャラメルのように四面体に切ってあって、粉砂糖がまぶしてあります。現

在日本に留学中の、ルーマニア人の友人はこのお菓子のことを『ようかんみたいな』と説明しますが、私としては、グミキャンディー、もしくは羽二重餅か、分厚くなった生八つ橋のようなもの、と人に説明しています。フルーツやミント味のものがありますが、私のつたない経験では、ナッツ類の入ったものには出会ったことはありません」

実際に食べたことのある人の発言だから、これほど説得力のあるものはない。それで、インターネットの英英辞典でLOKUMを引いても、RAHATを引いても、その等価物としてTURKISH DELIGHTが出てきたので、間違いないだろう。

LOUKOUM　LOUKOUM・RAHATと同義。東洋の飴菓子。砂糖でコーティングされた、または粉砂糖をまぶした香味入りパテ（小麦粉の練り粉）。

（petit ROBERT）

рахат-лукум　ラハト・ルクーム（砂糖・澱粉・クルミなどでつくるオリエント地方の菓子）

（岩波ロシア語辞典）

しばらくしてガセネッタことスペイン語通訳の横田佐知子さんが、

「これ、スペイン人自慢の国民的お菓子でポルボロンというの」

と言ってご馳走してくれた時、叫ばずにはいられなかった。おお、落雁とハルヴァの合いの子よ、と。

「これ、シチリアで食べたのと瓜二つ」

とほぼ同時に叫んだのは、一緒にお相伴していたシモネッタことイタリア語通訳の田丸公美子さん。そうそう、スペインもシチリアも中世はイスラム教徒の支配下にあったと思う間もなく、

「これ、インドでいただいたハルーアというお菓子によく似ている」

英語通訳田中祥子さんのつぶやきが聞こえた。

「とても美味しかったから、作り方メモしてきているはずだわ」

という田中さんは、翌日そのメモをファックスしてくれた。

碾《ひ》き割り小麦一〇〇グラム、バター一二五グラム、グラニュー糖五〇グラム、干しぶどう二六グラム、胡桃五九グラム（ピーナッツやアーモンドなど他のナッツ類でもOK）、バニラエッセンス〇・〇〇一グラム。鍋でバターを溶かし、そこに少しずつ小麦を加え入れながら黄金色にな

るまでかき混ぜる。干しぶどうは洗って水に三十～四十分ほど漬けておく。それから胡桃とともに細かく刻んでバニラエッセンスともども鍋に入れて弱火で三十分ほどかき混ぜ続ける。冷やしてからデザートとしていただく。

美味しいが、やはりハルヴァとの落差は埋めがたい。

それからまたしばらくして、一冊の本が手に入った。伝説的な歴史学者、言語学者、外交史研究家にして料理研究家V・V・ポフリョーブキンの絶筆となった『料理芸術大辞典・レシピ付き』（モスクワ　二〇〇一年刊）。あらん限りの辞書事典に載っていなかった、載っていたとしてもわずか一、二行の説明しかなかったハルヴァについて、何と一頁も割いて詳述してあったのだ。

中央アジア、近東さらにバルカン半島で食されている甘い菓子。イランが発祥の地と推定されており、古くから（ギリシャ＝ペルシャ戦争の頃から、つまり前五世紀から）知られている。ハルヴァ職人は、イランではカンダラッチと呼ばれている。今に至るも、これは他の料理職人から区別される特別な料理人で、ハルヴァ作りは特殊な修業を要する技術であることが分かる。ハルヴァには数百の種類があり、多くの庶民がそうであるようにカンダラッチが文字を知らない事を考慮するならば、実に長きにわたってその製法は書面に頼ることなく実践によって代々体得されていったのであり、職人には高度な記憶力が必要とされただろう。職人の手で直に作られるハルヴァが今も残っているのは、イラン、アフガニスタンとトルコだけであり、最良のハルヴァは、この地域でしか食べられない。工業生産されたハルヴァは、手製のものに較べると質が極めて低く、乾きやすく、崩れてダマになりやすく、すぐに油が浮いてきて、苦みが出てくる。（中略）

ハルヴァの成分は、極めてシンプル。砂糖と蜂蜜、サボンソウの茎根、油分のある味の濃い食材（アーモンドなどのナッツ類かひまわりや胡麻の種）、それに穀物の粉がつなぎの役割を果たし、さらに多数の香料が加えられる。この何の変哲もない材料がハルヴァに変貌するためには、材料の全てが、砂糖もナッツも粉も、泡状にならなくてはならない。そのためにこそさまざまな技術が動員され、その多くが今もカンダラッチ一人ひとりの企業秘密になっているのだ。それが、近代工業的方法ではどうしても真似できないのである。泡状になったそれぞれの食材、つまりは砂糖の泡とナッツの泡を繋げるためにサボンソウの茎根が使われる。このつなぎのコツも、さらにはさまざまな香料を組み合わせるコツも、熱を加えながら香料を混ぜ合わせるタイミングも、カンダラッチたちの秘伝である。（中略）

冷めたハルヴァは、それがカンダラッチの手で丹念に作られたものであるならば、空気のように軽くて抵抗のない絶品となる。というのも、ナッツ類のデリケートなスフレと混ざり合った微細この上ない砂糖の結晶が口の中でさくさくしたかと思うとたちまちとろけてしまうからだ。ところが、工場生産のハルヴァときたら、泡立てのプロセスをぞんざいにやっつけるものだから、砂糖がドロップ状になってナッツ類に張り付いて、焦げ付かせる原因にもなっている。これは、ナッツの割合よりも砂糖の割合が上回っていることの証拠でもあるのだが、正しいハルヴァはその逆でなければならないのだ。

イスラム圏の隣接地域、たとえば北コーカサスや北アフリカでは、しばしばヌガーに似た食べ物をハルヴァと呼んでいる場合がある。砂糖と溶かしバターの中でナッツ類と小麦粉などを焦げ目をつけながら混ぜ合わせていくもので、材料は同じものを使うが、似て非なるものである。ハルヴァとは、まず第一に、一定の密度と粘度と温度にいたるまで素材を泡立てた結果であり、第二に、こうして出来たいくつかの泡を混ぜ合わせ、泡立てながら冷やしていく技術なのである。だからこそ、ハルヴァは、お菓子の品質も美味しさも粘度も、材料組成ではなく、何はさておきそれを調理する技術に左右されることを物語る好例なのだ。

（傍線は著者）

著者ポフリョーブキンのハルヴァに注ぐ情熱溢れる文章を目で追いながら、わたしの中では最高だったイーラのハルヴァにもまさる美味しいハルヴァがこの世にあることを知った。

そして、ヌガーとトルコ蜜飴とハルヴァと求肥と落雁とポルボロンは血縁関係にあることをも確信した。これを思う時、古代から中世にかけて、ユーラシアの大地がさまざまな遊牧民や商人たちによって繫がっていた情景が浮かぶ。プラハの学校で、多民族の学友たちがハルヴァに舌鼓を打った光景は、その延長線上のひとつのエピソードに過ぎなかったのだ。

おからでシャムパン

内田百閒

お膳の上に、小鉢に盛ったおからとシャムパンが出ている。

シャムパンはもう栓が抜いてある。抜く時は例のピストルの様な音がして、抜けた途端にキルクの胴がふくれるから、もう一度罎の口へ差し込む事は出来ない。だからあらかじめ代りの栓を用意して、杯と杯の間はその栓で気が抜けない様にする。そう一どきに、立て続けに飲んでしまうわけには行かない。

お勝手で家の者がごとごと何かやっているが、お膳の前は私一人である。だれも相手はいない。猫もいない。尤も猫がいたとしても、お膳の上がおからでは興味がないから、どこかへ行ってしまうだろう。

相手がいなくても、酒興に事は欠かない。コップを二三度取り上げる内に、すっかり面白くなって来るから面白い。頭の中がひどく饒舌で、次から次へといろんな事がつながったり、走ったり、不意に今までの筋からそれたり、それたなり元へ戻らなかったり、そこから又別の方へ辷ったり、実に応接にいとま無しと云う情態になる。傍にだれもいない方が面白い。

シャムパンの肴におからを食べる。

おからは豚の飼料である。豚の上前をはねてお膳の御馳走にするのだから、いつでも食べたい時に買いに行けばあると云う物ではない。少し遅くなると、もうみんな豚の所へ持って行ってしまって、豆腐屋の店にはなくなっている。その以前に馳けつけて、少少お裾分けを願う。

おからは安い。十円買うと多過ぎて、小人数の私の所では食べ切れないので、この頃は五円ずつ買って来る。

五円のおからでも、食べ切るには三晩か四晩かかる。

冷蔵庫から取り出したのを暖めなおしたのよりは、矢張り作り立ての方がうまい。

今晩そこに出ているのは、出来立てのほやほやである。中に混ぜた銀杏もあざやかな色で青青している。

盛った小鉢から手許の小皿に取り分け、匙の背中でぐいぐい押して押さえて、固い小山に盛り上げる。おからをこぼすと長者になれぬと云うから、気をつけてしゃくるのだが、どうしても少しはこぼれる。その所為か、いまだにいろいろとお金に困る。

小皿のおからの山の上から、レモンを搾ってその汁を沁ませる。おからは安いが、レモンは高い。この節は一つ九十円もする。尤も一どきに一顆まるごと搾ってしまうわけではない。

酢をかける所をレモンで贅沢する。それでおからの味は調っているが、醬油は初めから全く用いない。だからおからの色は真白で、見た目がすがすがしく、美しい。

私は食べてよろこんで賞味する方の係で、作る側の手間、手順、面倒は関知する所でないが、大分骨が折れる様である。

先ず五円でボールに山盛り買って来たおからを、水でごしごし洗うのだと云う。

そんな事をすれば、折角のおからが流れてしまうだろうと云うと、じかに水に入れるのではない、布巾にくるんで、その外から揉むのだそうで、その上で水を切ったおからを、今度は小鳥の摺り餌をつくる擂り鉢にうつし、れん木でごりごり摺る。

それから漸く味附けに掛かる。淡味を旨とし、おからに色がつかない様に気をつける。その為に、いろんな物を入れて混ぜる事は避けるが、この頃はまだ去年の秋の新らしい銀杏が手に入るので、大概いつも入れているけれど、その外にはどんな物が適当か。もうよしましょう。おからの調理法を説くのは私の任にあらざるが如し。前稿の節煙の話とは事が違う。

お膳の上のおからに戻り、箸の先で山を崩して口に運ぶ。山は固く押さえてあるから、箸の先に纏まった儘で、ぼろぼろこぼれたりはしない。又レモンの汁が沁みているので、おからの口ざわりもぱさぱさではないが、その後をシャムパンが追っ掛けて咽へ流れる工合は大変よろしい。

そろそろ頭の中が忙しくなるにつれ、そもそも豚は人の余り物を食う立ち場にいる筈なのに、今はこうしてそのお初穂を私のお膳に割愛してくれた、と考えた。更に溯れば、おからは人間が食う豆腐のかすの余り物かも知れないが、豚は豆腐とおからとどっちを選ぶだろう。私が豚だったら、おからの方をいただく。そうだろう、豚諸君、おからの方がうまいね。おからの成分は豆の皮であり、何物によらず皮のすぐ裏側はうまいにきまっている。

郷里の町外れの土手道に、五右衛門をゆでる様な大きな釜を据え、しじみを一ぱい入れてぐらぐら煮立てた。

いいにおいがするので起ち止まって見ていると、その内に釜の中へ棒を突っ込み、煮上がった蜆を引っ搔き廻して、貝と中身を別別に離した。

同じ事を何度も繰り返しているのだろう。すでに身と貝殻とを別別にしたのが道ばたに積んである。

それでどうするのかと思うと、うまそうな剝き身を空俵に詰め込み、豚の飼料にするのだと云う。

勿体ないと思ったが、中身は余り物であって、いらないから豚にやる。いるのは殻の方で、近くに出来たセメント工場に殼を売るのが目的であった。豚のおからの上前をはねる様に、しじみの剝き身の上前を失敬して来ればよかったが、昔の話で残念ながら間に合わない。

友人の家におめでたがあって、その披露宴に招待された。

出たくもあり、また出なければ済まぬとも思う。

しかし午餐なので、私にはその席に間に合う様に支度する事は困難である。

困難と云うよりは全然見込みはない。

なぜと云うに、皆さんが目出度く集まって来るその時刻には、年来の習慣で私はまだ寝ている。

時には起きるのが遅くなる日もあると云うのだったら、そう云う特別の場合は奮発してもいいが、そうでなく堂堂と、平安に寝ているので、決して惰眠をむさぼっているのではなく、つい寝過ごしているわけでもない。だからそれを無理に起きたり、起こされたりすれば、気分が悪くなり、面白くなくなり、お目出度い席へ出て、お目出度い顔なぞしていられない。

世間一般の人さまと寝起きが食い違うのは不便な事もある。しかし、だからと云って皆さんを私のする通りに寝かしておくわけには行きにくい。多勢に無勢、止むを得ないから、食い違つた儘で起きている皆さんの立場を通し、私の方が譲ってお仲間からはずれる事にする。

即ちその午餐の披露宴には不参の御挨拶をした。

それで私は行かない事にしたが、しかし顔を出さなくてもお祝の微衷は示したい。

考えていて、いい事を思いついた。その席へシャムパンを贈呈しよう。

シャムパンは高い。

高いからその甲斐があり、そうする張り合いがある。

先ず予算を立てて見なければならない。幸いその披露宴の会場は、私の知っているホテルであり、懇意なボイがいる。彼を電話に呼び出して色色尋ねて見た。

当日の出席人員は幾人なるか。一本のシャムパンは幾人に注げるか。

それで大体の見当はついた。どうも非常に大変高い。

高くとも一たび思い立った事だから、実行したい。

ところがその友人には、先年私の家に困った事があった時、迷惑を掛けたのが、まだその儘になつている。

今度思い立ったシャムパンを実行すれば、その代金はまだ残っている不義理の数字より上になる。

そんな怪しからん祝意の表し方は、ある可きではない。自分のつもりの中で自粛するを要する。

昔、私は学生航空の餓鬼大将となり、飛行場に出て学生の演練を監督した。練習機は会長たる私の名義であり、時時のオーヴァホールの後、逓信省航空局から出る堪航証明書も私の名前で下附される。

新らしく堪航証明書が下りた時は、船の進水式になぞらえて進空式を挙行する。

進空式には飛行機の機首にシャムパンを振りかける。

その縁起に使ったシャムパンは和製であって、振りかけた残りは会長たる私が、職権に依り飲んでしまったが、あまりうまくはなかった。

しかし、それは昔の話で、その後の日本の進歩と今日の贅沢を考え合わせれば、飛行場で味わった和製のシャムパンが、当時の儘である筈がない。

ホテルのボイの意見を聞いて見ると、よく宴会にも出されて、国産は国産なりの役目を果たしていると云う。

国産三鞭酒、これを以って当日のお祝いに充てるときめた。

初めに考えた本場のシャムパンの、大体三分ノ一程度のお金で済んだ。安かったけれど、うまかったか知ら、といくらか気に掛かる。御馳走によばれて、財閥の倶楽部で飲んだ本場のシャムパンのうまかった事。又つい少し前、今度のこの同じホテルで抜かした、矢張り本場のシャムパンの実にうまかった事。しかし、高いのは覚悟の前であったが、その覚悟の目の玉が飛び出す程高かったので、高かったが故に後味が一層うまかった様な気がしたりしたが、国産の和製品はいかがなりしか。

考えている内に思えらく、人に物を差し上げて、差し上げた本人なる私がその味を知らぬとは、これは、何と云う不都合な話だろう。本来なら、先ずこちらであじ見した上で差し上げる可きではないか。済まぬ事をした。済まぬ、済まぬ、済まぬと悔い改め、早速近所の酒屋にその同じ銘のシャムパンを誂えた。国産品だからその辺の酒屋ですぐ間に合う。

就いて試るに、大変うまい。そのうまさに驚くばかりうまい。練習機の機首に振り掛けたのは昭和の初めの頃であったが、遠くなったと云うのは明治ばかりではない。昭和の初めももう遠い。あの時のあんな味は、時の流れに洗い流され、今日の味は正にかくの如きか。感心の余りがぶがぶ飲んだ。それが病みつきとなり、しばしば食膳に金紙の頸巻きをした罎が伺候し出した。

　これに依っておからとの出合いが始まる。

　おからとシャムパンの併進を述べるつもりで、その文題を掲げたが、進行中に両者離れ離れになってしまった。更に一章を設けて食っつけてもいいけれど、もうやめときましょう。ただ、山盛り一ぱい五円のおからと、高価なシャムパンと、その話かと思ったら、何だ和製か、と馬鹿にしてはいけない。税関を通らないから本場のよりは安いが、安いと云っても矢っ張り高い。いくらおからをこぼさぬ様意を用いていると雖も、こうしげしげとシャムパンが顔を出しては、長者にはなりにくい。

解説

野村麻里

「春の野菜」森茉莉

豪奢かつ耽美な言葉遣いで、読者を別世界にいざなう森茉莉。得意だった料理についての文章では、いつもの霞の中のような雰囲気よりもほんの少しだけ、現実的な輪郭線が濃くなるように感じる。かつて芸妓だったお芳さんの、鯛の皮を酢の中でもんでつくる粋な押しずしは、一度作ってみたいと思いつつ、とびきり上等な鯛じゃないと生臭くなる……という不安がむくむくと心の中に湧き、試していないのですが。

「初夏の味覚」戸塚文子

戸塚文子は雑誌「旅」で日本初の女性編集長となった人。国内外を旅し、多くの紀行文を書いた。働く女性（という言い方ももはやレトロな風情があるが）は長らく、料理をしない、または出来ないことが恥だと思わされてきた。戸塚文子もまた、自身で料理は苦手と書いているが「何でも新鮮なバターで、ジャジャッといためてソースをかける」という表現に、もう振り切った感があって、好きだ。

「精進揚げ」金子信雄

俳優・金子信雄は食通、料理上手で一九八〇年代には『金子信雄の楽しい夕食』という冠番組も持つほどの腕前。普段は料理をしない男性が、たまに豪勢な料理を作る「男の料理」とは一線を画し、日々のお惣菜もたくさん紹介した。野菜の天ぷらを精進揚げと呼ぶことも今はあまりないが、精進揚げという名前の由来と、なぜ夏に食べたかという説明もあって興味深い。

「山科なす」秋山十三子

秋山十三子は京都、祇園近くの造り酒屋に生まれた。以前、彼女の息子さんに話を伺ったことがあり、お母さんの料理はお酒を惜しみなく使うのが美味しさの秘訣だったと思う、とのこと。それを聞いて以来、私も煮物をする時には日本酒をたくさん入れている。

「すいとん」武田百合子

八月十五日（日）晴

朝　ごはん、のり、卵炒め、大根おろし

昼　すいとん（茄子とねぎをいれる）。

すいとんは、茄子のすいとんが一番おいしい。

（『富士日記』）

武田家では八月十五日、敗戦の日にすいとんを食べた。かつて「すいとん」「さつまいも」「南瓜」あたりは辛い戦争を思い出すから食べない、という人も多かった。茄子と茗荷のすいとんは、暑い夏に終わった戦争の味。しかし美味しい。

「加賀煮こと、ジブ煮こと、かくれ切支丹料理」鴨居羊子

鴨居羊子は『カモイクッキング』の中で「白系露人などは、革命など、いろいろの苦しみを経て逃げてきているので、命ある限り、美味しいものを積極的に食べる。食べることは生きているあかしだ。」と書いている。自身や友人たちのエピソードを交えた彼女のエッセイは明るく、ユーモアにあふれているが実はなかなかに含蓄深い。

「甘酒のある夜」増田れい子

この文章では米を麹で発酵させる甘酒だけでなく、酒粕に水と砂糖を加える甘酒も言及しているのが嬉しい。私は酒粕の甘酒を子どもの頃から飲んでいるのでノスタルジーがあるのです。この文章でも、母の思い出と共に甘酒が語られる。そしてこの、ひび割れた手を持つ優しい母が『橋のない川』の著者、住井するゑであることを考えるとやはり一層、心に染みる。

『食らわんか』向田邦子

没後四〇年を迎えてもなお向田邦子の人気は衰えることがない。彼女の料理はどれもシンプルかつ旨そうだ。面白いのは、たっぷりの日本酒を入れた湯で、ほうれん草と薄切りの豚肉を煮る「豚鍋」は、久米正雄ら鎌倉文士から広まったという「常夜鍋（毎晩食べても飽きないという意味）」とほぼ同じもの（豚鍋にはにんにくと生姜が入るが）」である点だ。

常夜鍋なんていう、文士らしい、ケレン味のある名前を使わずあっさり、豚鍋、と言ってしまうところに向田邦子の美学がある。潔い。

「料理好きのタレント」石井好子

石井好子は、飲むと無性に料理したくなる、何かにつけて料理したくなるので、人から「あなたは料理上戸ですね」と言われたという。料理好きには空腹うんぬんではなくまず「料理したい」という欲望がある。だから料理上戸、という言い方は上手いなあと思った。そして彼女が、同じく料理好きの音楽家たちから教わった料理はいかにも美味しそうだ。料理上戸による幸せな食エッセイ。

「豆」幸田文

大豆や小豆、さまざまな豆を扱う雑穀屋。働いていて豆を煮る時間のない人に変わり、豆を煮て売る煮豆屋。店で交わされる人々のささやかな会話……。この短い文章の中には、今やほぼ失われた東京の町の暮らしがくっきりと描かれている。しかし、豆を柔らかく煮るコツは「そっと大事に煮る」ことに変わりはないし、私を含め東京の女は今も乾物を扱うのは上手でない（と思う）。

「望梅止渇　渇きの季節」邱永漢

邱家で料理を作るのは、プロ級の腕を持つ妻だった。ここではミキサーで中国の糕《コウ》や杏仁豆腐を作るが、これも本人は指示するだけで、作業は夫人にやらせているのかも知れない。けれど彼の食エッセイを読んでいると、なんやかんや言いながら夫婦仲の良さが透けて見えるので、うるさいことは言いません。

『まるごと料理』に挑戦しよう」三善晃

これも七、八〇年代の「男の料理」の流れを受けたものだろうか。「男の料理」の特徴は　1．料理の由来や文化背景などが詳しく書かれている。2．手間と時間のかかる本格的な料理、和食より洋食が多い。3．料理書なみにレシピが詳しい。などが挙げられる。この文章でも、料理は初めて、という初心者に鶏一羽を使う白切鶏を教授しているから、ハードルが高いにもほどがある。しかし、とても丁寧に作り方を指南しているので、興味を持ったら、ぜひお試しあれ。

「B級グルメ考」　山田風太郎

ここでは、山田風太郎が永井龍男、小津安二郎といった作家の食について、いろいろと考察しているところが面白い（百閒の「おから」についても言及している）。そして山田家自慢の料理は「チーズの肉トロ」。そのいかにもこってりした味覚からは、三日で一本ウィスキーを空けた酒豪の健啖家ぶりも垣間見える。今ならモッツァレラチーズで作っても美味しそうだ。

「牧畜の国の恩恵」　工藤久代

ほおっておくとヨーグルトになるほど新鮮なミルク、そこから生まれるチーズや料理……なんて贅沢な！　工藤久代はポーランド滞在中、色々な地元料理に挑戦する一方で、数の子、納豆など、手に入らない和食を手作りする。ＤＩＹ精神に溢れたこの本には、外国暮らしから生まれた、さまざまな生活の知恵が詰まっている。

「スパゲッティの正しい調理法」　伊丹十三

この文章が無かったら、私たちは今も袋入りの「ソフトめん」をスパゲティだと思って食べていたかも……というのは大げさだが、そのくらいこの文章の影響力は大きかった。そしてここに書かれたスパゲティの正しい調理法は、今もってまったく正しい。ソフトめんも美味しいですが。

「野外の雑草」　牧野富太郎

牧野富太郎はここで、食べられる植物としてスベリヒユ（スベリビユ）を紹介。数度、試食したとあるので、茹でて食べてみたのではないかと推測する。スベリヒユだけでなく、この文章の、雑草と呼ばれる小さな草花の名前の由来、形状などの説明を読むと、公園や道端の雑草がいつもより特別なものに見えてくるから面白い。

「明日葉」　團伊玖磨

家で仕事をする作曲家は職業柄、料理をする人が多いのかも知れない。三善晃もそうだし、武満徹も料理の絵とレシピを描いたスケッチブックを残している。團伊玖磨のこの文章からは八丈島の風と紺碧の海、そして明日葉の野生的な香りまでが伝わってくるようだ。文学というのはある種の力みで出来ているようなところがあるが、力みはまるで感じられない。音楽的なのだろうか。美しい文章だと思う。

「野のうた」　草野心平

蛙の詩人、草野心平は一時「火の車」という飲み屋をやっていた。本人も酒が好きで料理も上手。ここでは蕗のとう、のびるといった食べられる野草と共に、あやめとレンゲツツジの可憐な花をマーマレードサンドイッチに挟むという、おままごとのような可愛いものを食べている。繊細で心優しい文章は、読むと春の野を散策したくなる。

「あけび」　片山廣子

歌人、片山廣子は松村みね子の名前でW・B・イエーツなどアイルランド文学の翻訳も手がけた。この、軽い苦みから紡ぎ出される味の風景は静謐で澄んでいる。外交官の娘として生まれ、才能豊かで、恵まれた人生を送ったであろう彼女であっても、人生というものは苦みを含んでいたのだろうかと、想像してしまう一篇。

「嫁菜」佐多稲子

多くの野草には自然の苦みがある。佐多稲子の嫁菜は片山廣子の「軽い苦み」よりもさらに苦い。市井の人々の人生の苦みが重なるからだ。そして香り高い。刻んだ嫁菜の青い香りとそれを炊き込んだ米の香りまでが鮮やかに伝わってくる。

「シールオイル」星野道夫

よく言われることだが、食べることは命を繋ぐことであり、また食文化は、その文化を持つ者の精神を支えるものの一つでもある。シールオイルは星野道夫が作った料理ではないが、この文章には食べること、そして食文化とは何かが端的に記されている。そして読者は、この尊厳にあふれた文章を読むことで、シールオイルやカリブーの生肉を口にしなくても、星野が過ごした、アラスカの人々とのひと時を共有することが出来るのだ。

「一月の章」水上勉

九歳から禅寺で暮らし、料理の手ほどきをうけた水上勉の作る料理は大地に根差している。その骨太な文章は実践的で分かりやすい。材料が乏しい時、彼は野菜たちと「相談」しながら何を作るか決めるという。精進料理の精神を知るにも良い文章だ。

「梅酒」茨木のり子

七三歳で詩集『倚りかからず』を発表した茨木のり子は、二三歳で結婚。四九歳の時、がんで夫を亡くした。この詩からは夫婦仲の良さ、夫を亡くした喪失感が伝わってくる。梅酒にはタイムカプセルのように時を超える、不思議な性質がある。長い時を梅酒は生きる。作った者の想い出を閉じ込めて。

「りゅうきゅうとコンニャク」尾辻克彦

若い頃に病気で胃を切り、脂っこいものはあまり食べられなかった尾辻克彦（赤瀬川原平）の食エッセイは、食べられないけれど食べたい、という欲望がにじむせいか、とても美味しそうだ。この文章を読んでから、私も時々「尾辻式りゅうきゅう」を作るようになった。しかし九州の醬油が甘いと気づいたのは近年のこと。関東の醬油ではしょっぱすぎるので、煮切り味醂を入れたり、ダシで割ったり色々工夫していました。それはそれで美味しい。

「吉原揚げ」八代目　坂東三津五郎

美食家で名高かった八代目三津五郎は、料理も、懐石料理をふるまうほどの腕前で、年老いた母の朝食を自ら作っていた。吉原揚げというのは厚めの油揚げのようなものらしい。油揚げの味を色で説明しているところなど、さすがだと思う。確かに柔らかくて美味しい油揚げは色が薄いのだ。そして「あぶらげ」という言い方も今では郷愁を感じて良い。

「すき焼き」池部良

すき焼きは、鮨と並ぶ特別な料理で、正月や祝い事などハレの日に食べるもの。このエッセイは、今や落語の中にしか存在しなくなったような江戸っ子の父が出てくると俄然、活き活きしてくる。池部良は聡明な人であるが、きっと、愛すべき父親の子どもっぽさと故郷、東京を愛していたのだろう。

「しゃけの頭」石井桃子

これは石井桃子自身の、子どもの頃のお話。心躍る正月前の出来事、そして好きな友達に何かあげたいと思った時、彼女が口にした意外な食べ物。誰にでも覚えがあるような、大人になったら笑い話になるエピソードだが、そこには、子ども時代の愛おしく小さな小さな世界が、きっちり書き記されている。

「ほっしんとはなくそ」大村しげ

この文章から感じるのは「始末」の精神だ。彼女は著作の中で始末とは「ものを大事にすることで心も豊かになること、もう役に立たないようなものにもう一度、命を吹き込み、役に立てること」と書いている。始末とは吝嗇ではなく、暮らしに根差した理由とそれを楽しむ心のゆとりが必要である、ということが京女、大村しげの文章を読むとよく分かる。

「トルコ蜜飴の版図」米原万里

ケストナーの『点子ちゃんとアントン』のトルコ蜜飴から始まり、ロシアのハルヴァ、モルダビアのヌガー、そしてトルコのターキッシュ・デライトからポルボロン、落雁まで……。これは壮大な、味覚と知識と想像力と出会いが紡いだ、探求の旅。地域、歴史、文化を繋ぐ、幸せな味の紀行文である。

「おからでシャムパン」内田百閒

トリはやっぱり百閒先生にお任せしたい。『御馳走帖』という名作を残した百閒先生は、健啖家で有名だが自分で料理をしたりはしない。このおからも家人が作っている。そして、途中まではそれなりに詳細に書いているのに、途中で、飽きたかのように説明を止めてしまう。この辺りが食随筆、食エッセイを読んで料理を作りたくなる私のような人間にはたまらないものがある。百閒先生の書かなかった部分は、読者の心の中で真白な余白となる。ようするに、好きなように自分で考えて、適当にやれば良いのだ。

出典・著者略歴

春の野菜
『記憶の絵』ちくま文庫
森茉莉　もり・まり　一九〇三〜八七年　小説家、随筆家。東京千駄木生まれ。五十代から本格的に執筆を開始。少年少女を主人公にした耽美小説、自身の暮らしぶりを書いた随筆、ともに独自の世界観を貫いた。代表作は『甘い蜜の部屋』『贅沢貧乏』など。

初夏の味覚
『旅と味』東京創元社
戸塚文子　とつか・あやこ　一九一三〜九七年　作家。東京日本橋生まれ。一九四八年、日本初の女性編集長として『旅』の編集長に就任。数多くの旅行記やエッセイを手がけた。著作は『ドライ・ママ』『旅は風のように』をはじめ多数。

精進揚げ
『口八丁手庖丁　金子信雄のうまい料理』三笠書房　知的生きかた文庫
金子信雄　かねこ・のぶお　一九二三〜九五年　俳優。東京下谷生まれ。四三年、文学座に入団。「幕末太陽傳」「仁義なき戦い」シリーズなど、多くの映画、ドラマで活躍する。料理研究家としても知られ、料理に関する著書も多数。

山科なす
『私の手もと箱――京暮しの四季――』文化出版局
秋山十三子　あきやま・とみこ　一九二四〜九七年　随筆家。京都祇園生まれ。京都の造り酒屋「金瓢」の長女として生まれる。結婚後、暮らしや料理について の執筆を開始。著作に『おばんざい』（大村しげ、平山千鶴との共著）、『私の酒造り唄』などがある。

すいとん
『あの頃――単行本未収録エッセイ集』中央公論新社
武田百合子　たけだ・ゆりこ　一九二五〜九三年　随筆家。神奈川県横浜市生まれ。五〇年、小説家、武田泰淳と結婚。泰淳の死後、別荘での日記をまとめた『富士日記』を皮切りに、随筆、旅行記を発表。没後も独自の視点と表現力でファンを増やしている。

加賀煮こと、ジブ煮こと、かくれ切支丹料理
『カモイクッキング』ちくま文庫

鴨居羊子　かもい・ようこ　一九二五～九一　デザイナー、随筆家。大阪府豊中市生まれ。五五年、女性の下着ブランド「チュニック」を設立。デザイナーとして活動しながら、身辺を綴った随筆を発表。代表作に『わたしは驢馬に乗って下着をうりにゆきたい』など。

甘酒のある夜
『つれづれの味』北洋社

増田れい子　ますだ・れいこ　一九二九～二〇一二年　ジャーナリスト、随筆家。東京杉並生まれ。毎日新聞に入社後、東京本社論説委員などを務め、八四年、女性初の日本記者クラブ賞を受賞。『インク壺』などの随筆では主に身近な暮らしを書いた。

「食らわんか」
『新装版　夜中の薔薇』講談社文庫

向田邦子　むこうだ・くにこ　一九二九～八一　脚本家、小説家。東京世田谷生まれ。七〇年代、「寺内貫太郎一家」「時間ですよ」など、数々のヒットドラマの脚本を担当。また小説家としては八〇年に直木賞を受賞。代表作に『父の詫び状』『思い出トランプ』など。

料理好きのタレント
『ふたりのこいびと（シャンソンと料理）』文化出版局

石井好子　いしい・よしこ　一九二二～二〇一〇年　歌手、エッセイスト。東京神田生まれ。アメリカ留学を経てフランスへ渡り、シャンソン歌手としてデビュー。帰国後は歌手、エッセイストとして活躍した。代表作は『巴里の空の下オムレツのにおいは流れる』。

豆
『幸田文全集　第十一巻雀の手帖』岩波書店

幸田文　こうだ・あや　一九〇四～九〇年　小説家、随筆家。東京向島生まれ。父は小説家の幸田露伴。幼い頃に母を亡くし、露伴の薫陶を受けながら育つ。父の死後、執筆を開始。代表作に『父　その死』『流れる』『台所のおと』などがある。

望梅止渇　渇きの季節
『象牙の箸』中公文庫

邱永漢　きゅう・えいかん　一九二四～二〇一二年　作家、実業家。台湾台南市生まれ。東京大学経済学部を卒業後、帰国するが台湾の独立運動に関わったことで香港に渡る。その経験を書いた『香港』

で五五年、直木賞受賞。経済評論家としての著作も多い。

「まるごと料理」に挑戦しよう
『男の料理学校 自分の味を創造しよう』
カッパ・ホームス（光文社）

三善晃 みよし・あきら 一九三三～二〇一三年 作曲家。東京杉並生まれ。五五年、東京大学文学部に在学中、パリ国立高等音楽院に留学し、大学卒業後は作曲家として活躍。「チェロ協奏曲」「レクイエム」など、管弦楽から歌曲までさまざまな楽曲を手がけた。

B級グルメ考
『あと千回の晩飯』朝日新聞社

山田風太郎 やまだ・ふうたろう 一九二二～二〇〇一年 小説家。兵庫県養父市生まれ。大学在学中、「宝石」の懸賞に入選、作家の道へ。『甲賀忍法帖』を始めとする忍法帖シリーズが大ヒットし、一躍人気作家に。代表作に『戦中派不戦日記』などがある。

牧畜の国の恩恵
『ワルシャワ貧乏物語』鎌倉書房

工藤久代 くどう・ひさよ 一九二三～二〇一五 エッセイスト。東京浅草生まれ。最初の夫、歴史学者の梅田良忠と死別後、ロシア・ポーランド文学者の工藤幸雄と再婚。共に過ごしたポーランドでの日々を『ワルシャワ貧乏物語』『ワルシャワ猫物語』にまとめた。

スパゲッティの正しい調理法
『ヨーロッパ退屈日記』新潮文庫

伊丹十三 いたみ・じゅうぞう 一九三三～九七年 映画監督、作家。京都市生まれ。商業デザイナーを経て、俳優に。八四年「お葬式」で監督デビュー。「タンポポ」「マルサの女」などのヒット作を生み出した。著作に『ヨーロッパ退屈日記』『女たちよ！』などがある。

野外の雑草
『牧野富太郎 なぜ花は匂うか』
平凡社STANDARD BOOKS

牧野富太郎 まきの・とみたろう 一八六二～一九五七年 植物分類学者。高知県高岡郡生まれ。独学で植物学者を志し、生涯に収集した標本は約四十万枚。一五〇〇種類以上の植物を命名、日本植物分類学の基礎を築く。彼の植物画は『牧野日本植物図鑑』に詳しい。

明日葉
『舌の上の散歩道』朝日文庫

團伊玖磨 だん・いくま 一九二四～二〇〇一 東京生まれ。作曲家。オペラ「夕鶴」「ひかりごけ」、交響曲「ヒロシマ」、童謡「ぞうさん」など、多くの曲を手がける。本業の傍ら、エッセイストとしても活躍した。代表作は『パイプのけむり』シリーズ。

野のうた

『酒味酒菜』より「酒菜のうた」
中公文庫

草野心平　くさの・しんぺい　一九〇三〜八八年　詩人。福島県いわき市生まれ。夭折した兄の影響で詩作を始める。宮沢賢治、高村光太郎、萩原朔太郎らとも交流が深かった。代表作『底本 蛙』をはじめ、蛙の詩を多く書いたため、「蛙の詩人」と呼ばれる。

あけび

『新編 燈火節』月曜社

片山廣子　かたやま・ひろこ　一八七八〜一九五七年　歌人。東京麻布生まれ。歌人、佐佐木信綱に師事する。短歌集『翡翠』、随筆集『燈火節』などを発表。また松村みね子の名で、W・B・イェーツやロード・ダンセイニなど、アイルランド文学の翻訳を手がけた。

嫁菜

『佐多稲子全集 第十六巻』講談社

佐多稲子　さた・いねこ　一九〇四〜九八年　小説家。長崎県生まれ。母の死後、十一歳で父と上京、さまざまな職に就く。中野重治、窪川鶴次郎らと知り合い、『キャラメル工場から』などのプロレタリア小説を発表するように。代表作に『くれなゐ』『夏の栞』などがある。

シールオイル

『長い旅の途上』文春文庫

星野道夫　ほしの・みちお　一九五二〜九六年　写真家。千葉県市川市生まれ。慶応大学在学中、アラスカ・シシュマレフ村に滞在した事をきっかけに写真家の道へ。アラスカの自然や野生動物、そこに生きる人々の姿を写真に収めた。エッセイも評価が高い。

一月の章

『土を喰う日々―わが精進十二ヵ月―』
新潮文庫

水上勉　みずかみ・つとむ　一九一九〜二〇〇四年　小説家。福井県生まれ。九歳より禅宗寺院で侍者として生活。『雁の寺』のような自伝的な小説から、社会的な事件を題材とするなど、さまざまなテーマを手がけた。代表作に『寺泊』『金閣炎上』など。

梅酒

『歳月』花神社

茨木のり子　いばらぎ・のりこ　一九二六

～二〇〇六年　詩人。大阪生まれ。五三年、のちに谷川俊太郎や吉野弘ら、多くの現代詩人を輩出した同人誌『櫂』を川崎洋と共に創刊。『自分の感受性くらい』『倚りかからず』などの詩集は多くの共感を呼び、広く知られている。

りゅうきゅうとコンニャク
『少年とグルメ』講談社

尾辻克彦　おつじ・かつひこ　一九三七～二〇一四年　画家、作家。神奈川県横浜市生まれ。六〇年代初頭、「ハイレッド・センター」を結成、前衛芸術家としての活動を皮切りに、その表現は多岐にわたる。小説で尾辻克彦を、他は赤瀬川原平の名を使うことが多かった。

吉原揚げ
『八代目 坂東三津五郎の食い放題』光文社文庫

八代目 坂東三津五郎　はちだいめ ばんどう・みつごろう 一九〇六～七五年　歌舞伎役者。東京下谷生まれ。一〇年、七代目坂東三津五郎の養子となる。六二年に父の跡を継ぎ、三津五郎を襲名。食通としても知られた。七五年一月、京都南座出演中に急逝。

すき焼き
『天丼はまぐり鮨ぎょうざ 味なおすそわけ』幻戯書房

池部良　いけべ・りょう 一九一八～二〇一〇　映画俳優、エッセイスト。東京大森生まれ。父は洋画家の池部鈞《ひとし》、母は岡本一平の妹、篁子《こうこ》。演技派の二枚目スターとして「青い山脈」「雪国」など多くの映画に出演。晩年はエッセイストとして文筆活動に力を注いだ。

しゃけの頭
『家と庭と犬とねこ』河出書房新社

石井桃子　いしい・ももこ　一九〇七～二〇〇八年　児童文学者、翻訳家。埼玉県浦和生まれ。「岩波少年文庫」をはじめ、多くの児童文学の翻訳、編集、執筆を行い、自宅に私設図書館「かつら文庫」を開いた。代表作に『クマのプーさん』（翻訳）、『幼ものがたり』など。

ほっしんとはなくそ
『冬の台所 京のくらしうた』冬樹社

大村しげ　おおむら・しげ　一九一八～九九年　随筆家。京都祇園生まれ。京都の暮らしを、京ことばを使った文体で書き綴った。晩年はインドネシアのバリ島へ移住。没後、家財道具は国立民族学博物館に寄贈され「大村しげコレクション」として保存されている。

トルコ蜜飴の版図
『旅行者の朝食』文春文庫
米原万里　よねはら・まり　一九五〇〜二〇〇六年　同時通訳者、作家。東京生まれ。東京外国語大学ロシア語科、東京大学大学院露語露文学修士課程修了後、ロシア語の同時通訳者として活躍。作家としてもノンフィクション、エッセイ、小説など、精力的に作品を発表した。

おからでシャムパン
『御馳走帖 改版』中公文庫
内田百閒　うちだ・ひゃっけん　一八八九〜一九七一年　小説家。岡山市生まれ。夏目漱石の門下生の一人。ドイツ語教師として教鞭をとる傍ら、執筆活動を続けた。幻想的な小説群から洒脱な随筆まで、独特の作風でファンが多い。代表作は『冥途』『ノラや』など。

編者
野村麻里　のむら・まり
ライター・編集者。一九六五年東京生まれ。著書に『ひょうたんブック』『香港風味』、編著に『作家の別腹』『南方熊楠 人魚の話』、翻訳にリトルサンダー『わかめとなみとむげんのものがたり』などがある。

編集部付記
本書では、原文の旧漢字は新漢字に換えて表記しております。また、明らかな誤植と思われるものは訂正しました。また、今日の社会的規範では不適切と思われる表現も一部に見られますが、作品発表時の時代背景と作品価値などを考慮し、原文通りとしました。

作家の手料理

発行日　二〇二一年二月二五日　初版第一刷

著　者　秋山十三子《あきやまとみこ》、池部良《いけべりょう》、石井桃子《いしいももこ》、石井好子《いしいよしこ》、伊丹十三《いたみじゅうぞう》、茨木《いばらぎ》のり子《こ》、内田百閒《うちだひゃっけん》、大村《おおむら》しげ、尾辻克彦《おつじかつひこ》、片山廣子《かたやまひろこ》、金子信雄《かねこのぶお》、鴨居羊子《かもいようこ》、邱永漢《きゅうえいかん》、草野心平《くさのしんぺい》、工藤久代《くどうひさよ》、幸田文《こうだあや》、佐多稲子《さたいねこ》、武田百合子《たけだゆりこ》、團伊玖磨《だんいくま》、戸塚文子《とつかあやこ》、八代目坂東三津五郎《はちだいめばんどうみつごろう》、星野道夫《ほしのみちお》、牧野富太郎《まきのとみたろう》、増田《ますだ》れい子《こ》、水上勉《みずかみつとむ》、三善晃《みよしあきら》、向田邦子《むこうだくにこ》、森茉莉《もりまり》、山田風太郎《やまだふうたろう》、米原万里《よねはらまり》
（五十音順）

編　者　野村麻里

発行者　下中美都
発行所　株式会社平凡社
〒一〇一－〇〇五一
東京都千代田区神田神保町三－二九
電話　〇三－三二三〇－六五八一（編集）
〇三－三二三〇－六五七三（営業）
振替　〇〇一八〇－〇－二九六三九

印刷・製本　シナノ書籍印刷株式会社

ISBN978-4-582-83860-2 C0077 NDC 分類番号 596
四六判（18.8cm）総ページ 224
https://www.heibonsha.co.jp/